Mi
Primer
Larousse
de los
DINOSAURIOS

Creación y redacción: Benoît **Delalandre**

ILUSTRACIONES

Ronan **Badel**

Robert **Barborini**

Benjamin **Chaud**

Nathalie **Choux**

Vincent **Bourgeau**

Pronto

Anne **Wilsdorf**

EDICIÓN ORIGINAL
Dirección de la publicación: Marie Pierre **Levallois**
Dirección editorial: Françoise **Vibert-Guigue**
Edición: Marie Claude **Avignon**/Brigitte **Bouhet**
Asesor científico: Eric **Mathivet**
Dirección artística: Frédéric **Houssin** y Cédric **Ramadier**
Diseño gráfico y realización: **Double**

VERSIÓN PARA AMÉRICA LATINA
Dirección editorial: Tomás **García**
Edición: Amalia **Estrada**
Asistencia editorial: Lourdes **Corona**
Coordinación de portadas: Mónica **Godínez**
Traducción y adaptación: **Editorial Santiago**

Título original: *Mon premier Larousse des dinosaures*

D. R. © MMV Larousse, S. A.
21, rue du Montparnasse - 75006 París
D. R. © MMXII, por Ediciones Larousse, S. A. de C. V.
Renacimiento 180, C.P. 02400, México, D.F.

ISBN: 2-03565-138-7 (Larousse, S. A.)
ISBN: 978-607-21-0614-7 (Ediciones Larousse, S. A.)

PRIMERA EDICIÓN - Sexta reimpresión

Impreso en México - *Printed in Mexico*

Esta obra se terminó de imprimir y encuadernar
en el mes de abril de 2019, en los talleres de
Litografía Magno Graf, S. de R.L. de C.V., con domicilio en
Calle E No. 6, Parque Industrial Puebla 2000,
C.P. 72225, Puebla, Pue.

Mi Primer Larousse de los DINOSAURIOS

Hace mucho tiempo, en nuestro planeta, en el mismo lugar donde caminamos, nadamos y comemos, los dinosaurios caminaban, nadaban y comían. Nosotros, los seres humanos, somos los amos del mundo hoy. Nos sentimos con el derecho de dar vida y muerte a todo lo que existe en nuestro planeta. Pero hubo una época en que los amos del mundo eran… los dinosaurios.

ÍNDICE

Introducción   **4-5**
Índice   **6-7**

8-19

1. LAS TRES VIDAS DE LA TIERRA

La vida antigua
La conquista de la tierra firme   **10-11**
La época de los reptiles   **12-13**
La vida intermedia
El planeta se transformó   **14-15**
El reinado de los dinosaurios   **16-17**
La vida nueva
La época de los mamíferos   **18-19**

20-33

2. LOS CAZADORES DE FÓSILES

¿Dragones o gigantes?   **22-23**
Los descubridores   **24-25**
¿Cómo son los fósiles?   **26-27**
Una obra de excavación   **28-29**
¿Qué nos cuentan los fósiles?   **30-33**

34-47

3. LOS DINOSAURIOS

¿Qué es un dinosaurio?   **36-37**
Herbívoros y carnívoros   **38-39**
Como en la sabana   **40-41**
¿Sobre 2 o 4 patas?   **42-43**
¿Sangre caliente o sangre fría?   **44-45**
1 000 especies   **46-47**

48-69 LA VIDA INTERMEDIA
4. EL TRIÁSICO

Los últimos anfibios	50-51
Los reptiles primitivos	52-53
Los arcosaurios	54-55
Los descendientes de los arcosaurios	56-57
El primer dinosaurio	58-59
Los dinosaurios principiantes	60-63
Los primeros mamíferos	64-65
En los océanos	66-67
Los dinosaurios tenían la vía libre	68-69

70-95 LA VIDA INTERMEDIA
5. EL JURÁSICO

Los "cuellos largos"	72-73
Rastros en la roca	74-75
Un pollo con dientes	76-77
Plumas en el cielo	78-79
Los devoradores de bosques	80-81
Un pequeño fuera de peligro	82-83
Un pequeño muy solo	84-85
El asesino pasa un mal rato	86-87
El lagarto que hizo temblar la tierra	88-89
El terror de los mares	90-91
Aprendiendo a pescar	92-93
Cazadores submarinos	94-95

96-143 LA VIDA INTERMEDIA
6. EL CRETÁCICO

Un concierto en la llanura	98-99
Los carroñeros	100-101
Una buena madre	102-103
La jauría salió a cazar	104-105
Un gran susto	106-107
El combate inmóvil	108-109
La fortaleza	110-111
Cazador de cazadores	112-113
La noche de los pequeños cazadores	114-115
El golpe de ariete	116-117
Bambi, el terrible	118-119
La gran migración	120-121
La pradera en flor	122-123
Una sonrisa de cocodrilo	124-125
Un extraño ladrón de huevos	126-127
Puñales contra coraza	128-129
Huevos en la playa	130-131
Alerta en el termitero	132-133
En las tierras heladas	134-135
El mar se tiñó de rojo	136-137
El paraíso de los lagartos	138-139
La muerte que viene del cielo	140-141
El fin del mundo	142-143

144-151
7. LA NUEVA VIDA

Los nuevos amos	146-147
Los sobrevivientes	148-149
Te presento a tu antepasado	150-151
Los récords de los dinosaurios	152-153
Del más pequeño al más grande	154-159
Índice alfabético	160

1
LAS TRES VIDAS DE LA TIERRA

La historia de la vida en la Tierra se divide
en tres grandes episodios. Los dos
primeros empiezan y terminan
con un cataclismo.
Los seres vivos debieron adaptarse
a esos grandes desastres.
Hoy, todavía estamos en
el tercer episodio: la vida nueva.

Primer episodio:
el paleozoico, "**la vida antigua**".

Segundo episodio:
el mesozoico, "**la vida intermedia**".
El tiempo de los dinosaurios.

Tercer episodio:
el cenozoico, "**la vida nueva**".

La conquista de la tierra firme

El primer ser vivo que salió del agua fue una planta.

La primera planta terrestre no tenía ni flor ni hoja ni raíz verdadera. Era un **simple tallo** verde. Después, se multiplicó y sus descendientes cambiaron de forma.

Las **raíces** crecieron para absorber el agua del suelo y resistir la fuerza del viento, y las **hojas** aparecieron para captar la energía del sol. Distintos tipos de plantas invadieron poco a poco todos los rincones de la Tierra.

Todo este alimento vegetal que creció en tierra firme incitó a los animales marinos a sacar la nariz del agua. Primero, fueron los **insectos**. Como había tanto que comer, se volvieron enormes.

Las **cucarachas** y los **ciempiés** se peleaban las plantas que se estaban pudriendo. En el aire brumoso, unas **libélulas** gigantescas cazaban durante el vuelo. También existían grandes **escorpiones** que se arrastraban por el suelo en busca de presas.

Unos **peces** aventureros tomaron por asalto las playas. Sus aletas se transformaron en patas, y sus branquias en pulmones. Se convirtieron en **anfibios**.

La vida antigua

La época de los reptiles

Los reptiles se adaptaron mejor que los anfibios a la vida en tierra firme, porque podían vivir lejos del agua.

Los **anfibios** necesitaban vivir **al lado** del agua: su **piel** era **frágil,** se resecaba con el sol y, al igual que los peces, **desovaban en el agua.**

La **piel** de los **reptiles** estaba cubierta de **escamas;** los **protegían** mejor y no se resecaban fuera del agua. Ponían sus huevos en el suelo porque estos estaban protegidos por una cáscara dura. Por lo tanto, los reptiles podían alejarse del agua y **vivir en todos los ambientes.**

Durante millones de años, los **reptiles** fueron los amos de los **bosques**, los mares y el cielo.

Pero hubo un gran **cataclismo:** los volcanes escupían fuego y el clima cambió bruscamente. Casi todos los animales desaparecieron.
Fue el fin de la vida antigua.

La vida intermedia

El planeta se transformó

Durante la vida intermedia, el clima y la vegetación cambiaron; los reptiles se adaptaron.

Durante **la vida intermedia**, el planeta era muy **distinto** al de hoy.

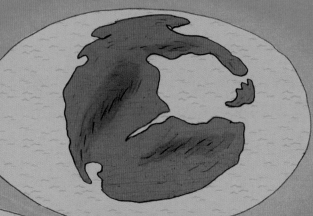

1. Al principio, sólo existió un continente, **Pangea,** ubicado en medio de un océano inmenso, el **Pantalasa.**

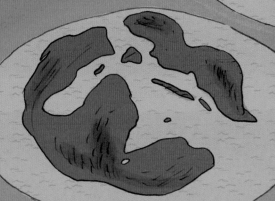

2. Después, poco a poco, este continente se dividió en **dos** grandes **bloques.**

3. Finalmente, los dos bloques se separaron formando **cinco continentes** y dispersaron a los dinosaurios.

Mientras lees estas líneas, los **continentes** siguen **separándose** lentamente, unos pocos centímetros cada año … ¡En varios millones de años más, tal vez se reúnan para formar nuevamente un solo continente gigante!

La vida intermedia fue la época de los dinosaurios. Se dividió en tres periodos.

1. El primer periodo de la vida intermedia se llamó **triásico**.

2. El segundo periodo de la vida intermedia se llamó **jurásico**.

3. El tercer periodo de la vida intermedia se llamó **cretácico**.

La vida intermedia

El reinado de los dinosaurios

Los dinosaurios existieron durante mucho tiempo, pero no todos a la vez. Como todas las especies de animales o plantas, los dinosaurios evolucionaron. Algunos se volvieron más grandes, más fuertes y más astutos.

eoraptor

EL TRIÁSICO

plateosaurio

estegosaurio

coelophysis

diplodocus

EL JURÁSICO

braquiosaurio

anquilosaurio

corythosaurio

tiranosaurio

velociraptor

triceratops

La vida intermedia terminó con un nuevo cataclismo.
Todos los dinosaurios murieron.

La época de los mamíferos

Entre los sobrevivientes del terrible cataclismo que sacudió la Tierra a finales de la vida intermedia, se encuentran los mamíferos, que dominan la vida nueva. Muchos de ellos también han desaparecido.

Las aves son los únicos descendientes de los dinosaurios.

El **megaceros** fue un ciervo gigante.

El **smilodon** fue un tigre con dientes de sable.

El **brontotherius** fue un pariente lejano del rinoceronte.

pez

El **eohippus** fue el primer caballo.

El **archaeotherium** fue un primo lejano de los jabalíes.

El **plesiadapis** se asemeja a los lemúridos actuales.

El **alphadon** era un marsupial como el koala.

El **purgatorius** era un antepasado de los simios.

cucaracha

reptil

El **andrewsarchus** poseía una mandíbula de carnívoro.

El **indricotherium** fue el mamífero terrestre más grande que haya existido.

El **mamut**, un primo ya extinto del elefante.

El **diatryma** era un ave gigante incapaz de volar.

El **megatherium** era un primo gigante del perezoso.

Actualmente, seguimos en la vida nueva. Algunas de las especies que vivían en tiempos de los dinosaurios sobrevivieron.

aves

serpientes

insectos

peces

reptiles

tortugas

2

LOS CAZADORES DE FÓSILES

Nadie ha visto dinosaurios vivos.
Nadie estaba ahí para dibujarlos,
fotografiarlos o filmarlos.
Por lo tanto, los fósiles nos hablan
de los dinosaurios.
Los científicos que estudian los fósiles
se llaman *paleontólogos*, es decir,
"científicos del pasado".
Un científico inglés, Richard Owen,
inventó la palabra *dinosaurio*,
que significa "lagarto terrible".

¿Dragones o gigantes?

Durante siglos, los hombres han encontrado grandes huesos en el suelo. Siempre se preguntaron a qué seres fabulosos pertenecían.

En China, pensaban que se trataba
de huesos de **dragón.** Y decían:
"El dragón subió a la montaña y luego emprendió el vuelo. Como la puerta
del cielo estaba cerrada, cayó y sus huesos quedaron enterrados en la tierra."

En Inglaterra, cuando encontraron el primer hueso, pensaron que pertenecía a un **gigante.**

En América, cuando descubrieron grandes huellas de pisadas, creyeron que se trataba de **aves gigantescas.**

Los descubridores

En 1820, un médico inglés, Gideon Mantell, descubrió un montón de huesos y dientes entre los cuales había un diente muy grande. Notó que los dientes se parecían a los de la iguana, un lagarto gigante de América tropical.

Gideon Mantell bautizó a su animal desconocido como **iguanodonte**, "aquel que se asemeja a la iguana".

Con los huesos, Gideon Mantell reconstruyó el **esqueleto** del iguanodonte.

Así es como se lo imaginó: una **iguana gigante** con un **cuerno** sobre el hocico.

Cuando descubrieron esqueletos completos de iguanodonte, comprendieron que el "cuerno" era un "espolón" de la mano. El iguanadonte se convertía en un **dragón** que se mantenía erguido **apoyado** en su **cola.**

Hoy, se cree que el iguanodonte caminaba en **cuatro patas,** con la cola levantada. ¡Mañana, tal vez se le descubran otras costumbres!

Todos los años, se encuentran huesos de dinosaurios en todo el mundo. Tal vez has pasado sobre un "cuello largo".

¿Cómo son los fósiles?

Los fósiles son los restos de un animal o planta mucho tiempo después de su muerte.

Imaginemos que, en tiempos de los dinosaurios, "cuello largo" se bañaba en un río. Estalla una tormenta y una ola enorme desciende, cargada de lodo y arena.

El dinosaurio se ahoga y cae en el fondo del río. El lodo lo cubre poco a poco.

Su **piel** y su **carne** se **descomponen.** Pronto, sólo quedan los huesos y los dientes.

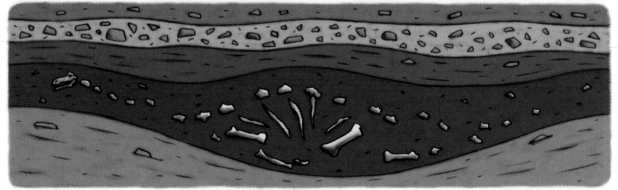

Cientos de miles de años después, el lodo y la arena se han transformado en roca al igual que los huesos y los dientes del dinosaurio; se han convertido en **fósiles.**

Mucho tiempo después, los movimientos de la Tierra regresan esta roca **cerca de la superficie** del suelo.

Durante miles de años, el viento y la lluvia desgastan la roca; es lo que se llama **erosión**.

Un día, el cráneo del dinosaurio fósil empieza finalmente a **aparecer**.

Pasas por ahí, tropiezas, te caes y refunfuñas. ¡Si supieras lo que **se encuentra** debajo de ti!

Excavas un poco y descubres que la **piedra tiene dientes**... y le avisas a los paleontólogos.

Una obra de excavación

Los fósiles son escasos y preciados. El trabajo de excavación es muy minucioso. Ese montón de huesos es un rompecabezas. ¡Pero el modelo no está en la caja!

Los **paleontólogos** despejan los fósiles con mucho cuidado. Antes de trasladar el esqueleto, dibujan en un plano la posición de cada hueso. Luego, los envuelven con yeso: de esta manera los protegen adecuadamente antes de transportarlos.

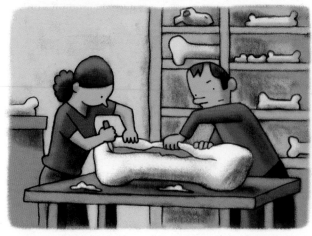

En el **laboratorio,** rompen con cuidado los cascarones de yeso.

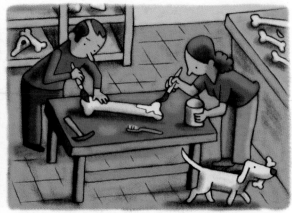

Limpian los **huesos** y luego los **recubren con resina** para endurecerlos y protegerlos. Los pedazos de huesos vuelven a pegarse.

El paleontólogo sabe reconocer la mayoría de los huesos: esto es la **mandíbula,** y aquí hay una **vértebra,** pero ¿cuál? ¿Una vértebra del **cuello** o de la **cola**?

Gracias al plano, reconstruyen el esqueleto del dinosaurio con huesos de plásticos fabricados mediante **moldeado.**

Lo comparan con animales actuales **para imaginar** los músculos y los demás órganos. Sólo queda recubrirlo de piel y escoger el color.

Finalmente, le ponen un **nombre científico** a menudo inspirado en su **anatomía** o en su posible comportamiento, como este cetiosaurio también llamado *lagarto ballena* porque creían que vivía en el agua.

¿Qué nos cuentan los fósiles?

Gracias a los fósiles podemos imaginar cómo vivían los dinosaurios, qué comían y cómo murieron...

¿Qué nos cuentan los huesos?

Algunos huesos tienen **marcas** de dientes.

Otros, **rastros** de fracturas.

Se han encontrado huesos muy **desgastados**.
Pertenecen a dinosaurios viejos.

¿Qué nos cuentan los dientes y las garras?

Dientes en forma de puñal
y garras largas y afiladas:
era un **carnívoro**.

Dientes pequeños y planos
y garras redondeadas o pezuñas:
era un **herbívoro**.

¿Qué nos cuentan los excrementos?

Contienen **restos de comidas:**
semillas, espinas, pequeños huesos, piñas
de pino… Los restos proporcionan
información a los paleontólogos acerca
de la alimentación de su dueño.

¿Qué nos cuenta la piel?

Las **escamas** y **cicatrices,** el color
hay que imaginarlo.

¿Qué nos cuentan los huevos?

Los dinosaurios ponían huevos grandes: tenían el cascarón duro,
igual que los de las aves de hoy.

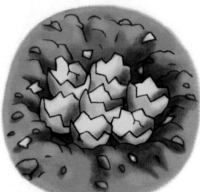

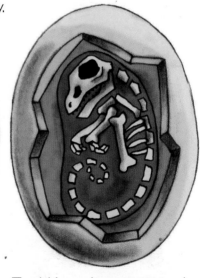

Un nido lleno de
cascarones hechos **añicos**
significa que las crías
permanecieron mucho
tiempo dentro del nido
y pisotearon sus cáscaras.

Si los **cascarones** están
casi **intactos,** quiere decir
que los pequeños
abandonaron de inmediato
su nido. Por lo tanto, eran
capaces de arreglárselas solos.

También se han encontrado
huevos enteros
con esqueletos de dinosaurios
bebé en su interior.

¿Qué nos cuentan las huellas?

Al igual que una gaviota en la playa o un jabalí en el bosque, los dinosaurios dejaban **rastros en el suelo.** Estas huellas permiten saber muchas cosas.

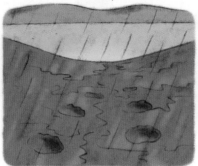

Cuando las **huellas** son profundas y están juntas, se trata de un animal pesado que caminaba lentamente, un dinosaurio.

La lluvia llenó los rastros de arena y limo que, al endurecerse, conservaron las huellas.

La arena y el limo se fosilizaron junto con las huellas de las pisadas de "cuello largo".

Los primeros paleontólogos pensaban que la **cola** de los dinosaurios se **arrastraba por el suelo.**

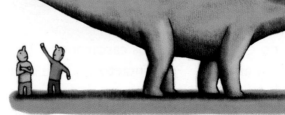

Más tarde, al observar las huellas, se dieron cuenta de que la cola no dejaba una estela, es decir, que **no tocaba el suelo.**

Si las **huellas** son muy numerosas, los dinosaurios vivían en manadas.

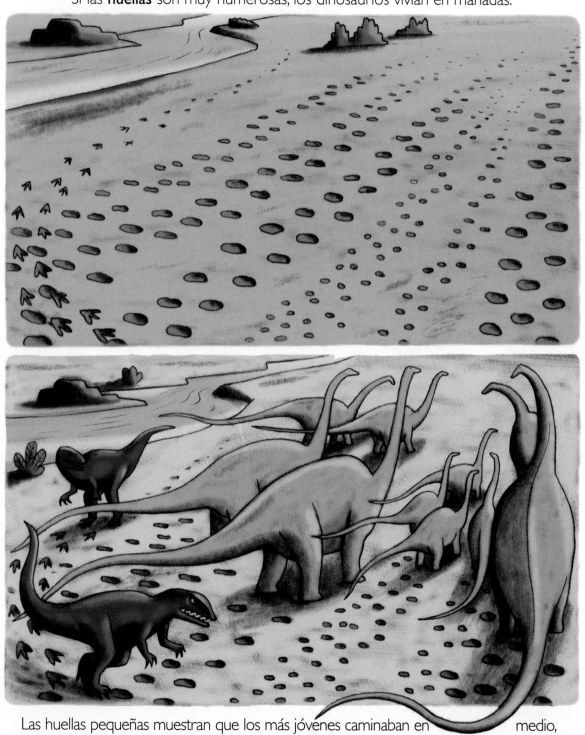

Las huellas pequeñas muestran que los más jóvenes caminaban en medio, protegidos de los depredadores, que no se atrevían a atacar la manada y rondaban alrededor.

3

LOS DINOSAURIOS

Durante 180 millones de años, todos los grandes animales que vivieron en tierra firme eran dinosaurios. Existieron de todo tipo: algunos eran gordos como pollos y otros, del tamaño de una casa. Algunos comían plantas, mientras otros comían carne. Algunos vivían solos o en manadas.

¿Qué es un dinosaurio?

Todos los dinosaurios tenían cuatro patas, un cuerpo, una cabeza y una cola. Su piel estaba cubierta de escamas. Eran reptiles terrestres.

Los otros reptiles **se arrastraban** por el suelo porque sus **patas** estaban ubicadas **a los lados.** Las patas del **dinosaurio** se encontraban debajo del cuerpo. Por lo tanto, podía **caminar** y **correr** con **agilidad,** incluso si era muy pesado.

Al igual que todos los reptiles, el **dinosaurio** **ponía huevos:** era **ovíparo.**

El **dinosaurio crecía** durante toda su vida.

Existieron dinosaurios con cabeza **lisa** o **cornuda**…

…con cola en forma de **mazo** o **pica**…

…con **crestas** sobre el cráneo o un **velo** sobre el lomo.

Pero, ¿de qué color eran?

Nadie lo sabe porque los fósiles son del color de la roca. Los paleontólogos dejan volar su **imaginación** al observar los reptiles de hoy.

Seguramente, algunos eran muy **coloridos,** como los lagartos, para **asustar** a los depredadores.

Otros eran del mismo color que los árboles, para **esconderse** mejor.

Algunos machos debían ser de **colores vivos**, para **seducir** a las hembras.

Herbívoros y carnívoros

**Un herbívoro come vegetales: hojas, semillas, frutas…
Un carnívoro come animales: insectos, peces y herbívoros…**

Ciertos dinosaurios **herbívoros** fueron los animales más grandes que hayan pisado la faz de la Tierra. A menudo, los herbívoros vivían en **manada** para defenderse de los depredadores. Generalmente, los **pequeños** herbívoros tenían un pico para **cortar** las plantas gruesas, como los helechos, y dientes planos para triturarlas. Los **grandes** dinosaurios herbívoros **ramoneaban** las hojas de los árboles y se las tragaban sin masticarlas.

braquiosaurio
②

giganotosaurio

anquilosaurio
③

pentaceratops
④

hypsilophodon
①

Los herbívoros tenían varios métodos de defensa contra los carnívoros:
● la huida ● el tamaño ● las corazas ● las armas

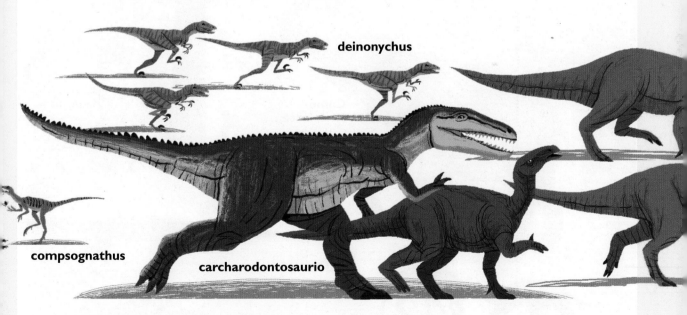

deinonychus

compsognathus

carcharodontosaurio

Los pequeños **carnívoros**, como el **compsognathus,** se alimentaban de todo aquello
que fuera lo suficientemente pequeño para entrar en su boca. Los de tamaño
mediano como el **deinonychus,** cazaban en **grupo.** Las grandes fieras,
como el **carcharodontosaurio,** cazaban **solas.**

Como en la sabana

Como los animales de la sabana, los dinosaurios herbívoros compartían las plantas y los árboles. Los depredadores combatían entre sí o atacaban a los más débiles.

1 Como el avestruz...

2 Como las aves...

3 Como los búfalos...

4 Como los rinocerontes...

5 Como las leonas...

6 Como el elefante...

7 Como la jirafa...

8 Como el antílope...

9 Como el cocodrilo y el hipopótamo...

10 Como las hienas...

40

1 ...el gallimimus corría rápido.

2 ...los pterosaurios volaban.

4 ...los centrosaurios se enfrentaban.

3 ...los triceratops vivían en manadas.

5 ...los deinonychus cazaban en grupo.

6 ...el cetiosaurio arrancaba las ramas.

7 ...el braquiosaurio ramoneaba la copa de los árboles.

8 ...el edmontosaurio comía las hojas bajas.

...el baryonyx y el placerias se bañaban en la ciénaga.

9

10 ...los ornitholestes se alimentaban de cadáveres.

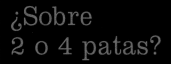

¿Sobre 2 o 4 patas?

Los cuadrúpedos caminan en cuatro patas. Los bípedos caminan en dos patas.

Los herbívoros de gran peso eran siempre **cuadrúpedos**: sus cuerpos necesitaban 4 pilares para sostenerlos. Sus cuatro patas eran idénticas. Tenían los dedos muy separados para soportar su peso.

Los herbívoros menos pesados caminaban tranquilamente en 4 patas, pero **podían erguirse** para alcanzar las ramas altas o huir más rápido.

En 2 patas, corrían **más rápido.** Al estar erguidos, podían ver **más lejos**.

Además, tenían las **manos libres.** Era muy práctico para sujetar las presas.

El mayor inconveniente era que al correr en dos patas podían tropezar y ¡cataplúm! El **tiranosaurio** ni siquiera tenía brazos firmes para **amortiguar** la caída.

¡Qué práctico!

El iguanodonte tenía una mano multiuso: utilizaba el gran espolón de la mano como arma, los tres dedos del medio, que tenían cascos en sus extremidades, para caminar y el cuarto dedo, móvil, para agarrar la comida.

¿Sangre caliente o sangre fría?

Todos los mamíferos y las aves tienen la sangre caliente. Esto significa que mantienen su cuerpo siempre tibio. Al tener la sangre caliente pueden estar activos todo el tiempo. Los reptiles de hoy tienen la sangre fría, es decir, que su cuerpo tiene siempre la misma temperatura que el aire o el agua que los rodea.

Para que el cuerpo se **mantenga tibio,** debe estar recubierto por un abrigo: una chaqueta para ti, pelos y plumas para los demás.

Para mantenerse **activos,** los reptiles de hoy, como las lagartijas y las serpientes, deben **calentarse** al sol durante mucho tiempo.

Los dinosaurios eran **reptiles,** pero algunos se comportaban como **animales de sangre caliente**: estaban siempre activos, corrían largas distancias y cazaban de noche. Se creía incluso que algunos dinosaurios estaban cubiertos de **plumas** como las aves.

¿Tal vez existían dinosaurios de **sangre fría** y dinosaurios de **sangre caliente**? ¡Todavía no se sabe! El **leaellynasaura,** por ejemplo, vivía cerca del Polo Sur donde el invierno es largo y helado. Si hubiera tenido la sangre fría, se habría **congelado.**

1 000 especies

Se conocen más de 1 000 especies de dinosaurios y cada año se descubren más.

TRIÁSICO
245 a 205 millones de años

ESTEGOSAURIOS

ANQUILOSAURIOS

ORNITÓPODOS

A partir del primer dinosaurio, que vivió hace 245 millones de años, se formaron dos grandes grupos. Se diferencian por la forma de su pelvis.

plateosaurio

PROSAURÓPODOS

Los ornitisquios
(pelvis de ave)
Su pelvis se asemeja a la de las aves.
Todos son herbívoros.

Los saurisquios
(pelvis de lagarto)
Su pelvis se asemeja a la de los lagartos.

eoraptor

TERÓPODOS

coelophysis

¡Sin embargo, las aves, que son los únicos descendientes de los dinosaurios, provienen de los saurisquios!

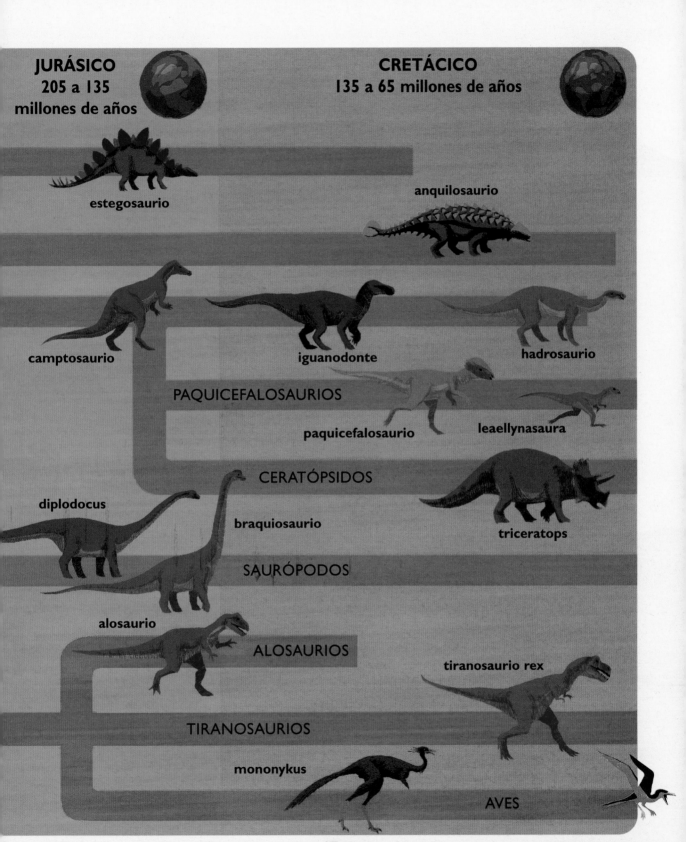

JURÁSICO
205 a 135
millones de años

CRETÁCICO
135 a 65 millones de años

estegosaurio

anquilosaurio

camptosaurio

iguanodonte

hadrosaurio

PAQUICEFALOSAURIOS

paquicefalosaurio

leaellynasaura

CERATÓPSIDOS

diplodocus

braquiosaurio

triceratops

SAURÓPODOS

alosaurio

ALOSAURIOS

tiranosaurio rex

TIRANOSAURIOS

mononykus

AVES

Los últimos anfibios

Al inicio del triásico, la vida se organizaba alrededor del agua. Entre los sobrevivientes de la vida antigua, había reptiles y anfibios. Chapoteaban, nadaban o pescaban tranquilamente en las playas y los pantanos.

Este era un **mastodonsaurus** hembra, un gran anfibio que puso un montón de huevos entre las ramas de un árbol muerto. Los huevos estaban envueltos en gelatina. Dos peces con caparazón decidieron comérselos para el almuerzo.

Pero, la mastodonsaurus los había visto y… le encanta el pescado.

El **triadobatrachus** era un anfibio. Se parecía a una rana, pero sus patas traseras todavía no eran lo suficientemente musculosas para saltar. Observaba con glotonería una araña inmóvil. Sin embargo, titubeaba porque era un poco grande para él.

A los grandes **reptiles** les gustaba mucho calentarse en tierra firme.

Los anfibios

La palabra *anfibio* significa "doble vida": la vida en el agua y la vida sobre la tierra. Los anfibios pueden respirar aire gracias a sus pulmones. Pero deben vivir cerca del agua porque su piel se reseca. Sus huevos no tienen cáscara: deben desovar en el agua.

Los anfibios de hoy son las salamandras y los tritones, que se desplazan retorciéndose, y los sapos y las ranas que avanzan saltando.

Los reptiles primitivos

Durante el triásico, los reptiles eran cada vez más numerosos. Tenían una enorme ventaja sobre los anfibios: no debían vivir a orillas del agua.

El **cynognathus** o "mandíbula de perro" era un carnívoro. Se parecía a un perro; tenía incluso los mismos bigotes. Sin embargo, era un reptil.

Los **lystrosaurus**
eran muy numerosos.
A este le gustaba
mucho arrancar las raíces
de los arbustos.

Los reptiles

Los reptiles tienen escamas
sobre la piel que los
protegen de la desecación:
pueden vivir lejos del agua.
Sus huevos están protegidos
por una cáscara. Por lo tanto,
pueden desovar en la tierra.

Los reptiles de hoy son
las tortugas, los cocodrilos,
los lagartos y las serpientes.
Las serpientes son lagartos
sin patas.

Los arcosaurios

Nos encontramos en medio del triásico. Algunos reptiles, mejor adaptados que otros, tomaron el mando: se trata de arcosaurios o "lagartos dominantes". ¿Por qué fueron los más fuertes?

Chasmatosaurus   Erythrosuchus   Euparkeria

Porque eran más rápidos: ya no arrastraban el vientre por el suelo.
¡Sus **patas** robustas les permitieron ser grandes cazadores!

Chasmatosaurus
Era un "lagarto dominante".
Pasaba el día dentro del agua comiendo peces. Se parecía a un cocodrilo con las patas abiertas.

Erythrosuchus
Cuando se cansaba de esperar en el agua a sus presas, salía a cazar en tierra firme.

Postosuchus o "cocodrilo que corre"

¡Aquí viene el amo! Gracias a sus **patas** casi rectas, ubicadas debajo del cuerpo, corría rápido. Su presa preferida era el regordete **placerias**. El postosuchus conocía bien esta manada de reptiles que vivían en su territorio de caza. No dejaba de mirar a los que se apartaban de la manada.

Euparkeria

Mira bien este pequeño arcosaurio. ¡**Se erguía** sobre sus patas traseras! De esta manera, tenía las **manos libres** para atrapar a sus presas y llevárselas a la boca. Como corría muy rápido, huía fácilmente de los pesados depredadores de su época. Basta mirarlo para saber que los dinosaurios no estaban muy lejos.

Los descendientes de los arcosaurios

Los "lagartos dominantes" eran grandes conquistadores. Amos de la tierra, dominaron los ríos y el cielo, y engendraron a los pterosaurios, los cocodrilos y los dinosaurios.

Algunos reptiles ya sabían propulsarse por los **aires.**

Pero el **pterosaurio Eudimorphodon** fue el primero en volar. Sus alas de piel, como las de los murciélagos, estaban adheridas a sus flancos, y sostenidas por un cuarto dedo muy largo.

Los verdaderos cocodrilos todavía no habían aparecido, ¡pero los **fitosaurios,** como el **rutiodon,** eran casi idénticos!

Mira bien este pequeño animal entre los helechos. No era muy grande, pero sí ingenioso, rápido, ágil y astuto. ¡Fue el **primer dinosaurio**!

El primer dinosaurio

Se llamó eoraptor,
el "ladrón del alba".
Fue uno de los primeros
dinosaurios conocidos.
Un día, sus descendientes
fueron los amos del mundo.

El **eoraptor** tenía **patas** muy rectas y era muy rápido.

Tenía las **manos libres** para atrapar a sus pequeñas presas.

Sus **dientes** eran finos y afilados. Nació para cazar.
Era el terror de los helechos.

Todo lo que se movía por el suelo era comestible.
Para atrapar al **ciempiés** que huía a su madriguera, sólo necesitaba **morder** y **tirar**.
Además, tenía que ser muy **rápido** para cazar a los pequeños reptiles.

El **eoraptor** era todavía muy pequeño.
Y a pesar de ser el antepasado
del terrible tiranosaurio,
huía de los grandes depredadores
como el **ornithosuchus.**

Los dinosaurios principiantes

Los dinosaurios fueron reemplazando poco a poco a los arcosaurios porque eran menos pesados o mejores cazadores. Crecieron y atacaron todo tipo de presas.

Los primeros dinosaurios carnívoros eran bastante **pequeños,** pero estaban bien armados con dientes y garras.

El erythrosuchus era un gran arcosaurio, demasiado pesado. Le costaba moverse.

El **procompsognathus** o "mandíbula elegante anterior" se llamaba así porque era el antepasado del **compsognathus** que quiere decir "mandíbula elegante".

Era liviano porque sus huesos eran delgados. Corría más rápido que los demás pequeños reptiles y los atrapaba fácilmente.

En esa época, los herbívoros comían todo lo que crecía en el suelo.
Pero apareció un gran reptil que se erguía sobre sus patas traseras y estiraba su largo
cuello hacia las ramas más altas. Era el **plateosaurio** o "lagarto plano",
el primer **dinosaurio herbívoro** que se haya conocido.

**Despedazaba un pobre
árbol y pasaba al siguiente.**

**Los árboles grandes
eran coníferas.
En el suelo, crecían
los helechos y las cicas.**

**Sus pequeños dientes cortaban
las hojas como tijeras. Tragaba
sin masticar.**

Algunos dinosaurios principiantes, como el coelophysis, vivían en **grupo.**
En manada se sentían fuertes y no temían nada.

El **coelophysis** o "forma hueca"
tenía huesos huecos. Por esa razón era más liviano.
El macho era fuerte y la hembra, más bien graciosa.

Sus numerosos dientes afilados eran pequeños y dentellados, como los cuchillos para cortar carne.

Caníbales

La mamá coelophysis no siempre era tierna. Un día, unos paleontólogos encontraron esqueletos de pequeños coelophysis dentro del vientre de un adulto. Por supuesto, pensaron que se trataba de una mamá y sus futuros bebés. Pero, al estudiar bien el esqueleto, ¡se dieron cuenta de que los pequeños estaban dentro del estómago! ¡El coelophysis adulto había devorado a los pequeños! ¡Era un caníbal! Los varanos de hoy también se comen a sus crías.

Sus brazos eran muy cortos y sus dedos tenían garras.

Los primeros mamíferos

Mientras los dinosaurios dominaban el mundo, aparecieron los mamíferos, pero eran pequeños, discretos, y estaban bien escondidos, como si esperaran su turno…

Cuando en el bosque era de noche y los grandes depredadores dormían, los **mamíferos** salían a alimentarse. Estos pequeños depredadores eran **carnívoros,** pero las únicas presas que podían atrapar eran los **insectos** y los **pequeños reptiles.**

El **megazostrodon** salía de su madriguera. Se parecía a una musaraña. Olfateaba el aire del bosque y percibía el olor de un gran arcosaurio. Escuchaba atentamente la respiración del monstruo: si era lenta y regular, estaba durmiendo. No había nada que temer, **la cacería podía empezar.**

En los océanos

En tiempos de los dinosaurios, la vida también bullía en los océanos: había peces, mariscos y grandes reptiles.

Los reptiles vivían en tierra firme desde hacía mucho tiempo. Sin embargo, **algunos decidieron regresar al agua,** como sus lejanos antepasados los peces. Pero siempre regresaban a la superficie para **respirar.**

En el caso del **placodonto** o "diente plano", la transformación no fue espectacular. Se asemejaba mucho a los reptiles terrestres. Además, no le gustaba alejarse de la orilla y permanecía en **aguas poco profundas.** Nadaba como el tritón. Gracias a sus poderosas mandíbulas, **arrancaba los mejillones** de las rocas. Sus dientes posteriores eran anchos y planos para triturar las conchas.

El **notosaurio** o "falso lagarto" estaba mucho mejor equipado para la caza submarina. Era un **buen buzo.** Con su cuello largo y sus patas palmeadas, cazaba los peces que **vivían en las profundidades.** Sus dientes eran finos y puntiagudos. Vivía cerca de la ribera como una foca. Después de la pesca, le gustaba descansar cómodamente en la playa.

Los dinosaurios tenían la vía libre

A fines del triásico, el planeta fue sacudido por violentos terremotos. Los volcanes escupían fuego. El clima cambió y muchos animales desaparecieron.

Muchos reptiles antiguos desaparecieron. Los **dinosaurios,** hasta entonces bastante escasos, ocuparon los territorios que quedaron libres. Gracias a sus habilidades y escondites, los **mamíferos** también sobrevivieron.

En los océanos, los placodontos y los notosaurios desaparecieron para siempre. Dejaron su lugar a **otros grandes depredadores.**

5 LA VIDA INTERMEDIA
EL JURÁSICO

Cada vez llovía más. Las marismas y planicies pantanosas reemplazaban los desiertos. El clima caluroso y húmedo era ideal para los reptiles.

Los árboles crecían cada vez más.

Los herbívoros se volvían cada vez más grandes.

Los carnívoros engordaban para poder atacar a esas montañas de carne.

Los mamíferos permanecían escondidos en el fondo de sus madrigueras. Sólo salían de noche para cazar insectos y pequeños reptiles.

Ocurrió un gran suceso: algunos pequeños dinosaurios carnívoros se cubrieron de **plumas** y emprendieron el vuelo. Entre ellos figuraban los antepasados de las aves. Los pterosaurios eran los amos del cielo.

En el agua, los grandes pliosaurios con mandíbulas de cocodrilo atacaban a todo lo que nadaba.

Los "cuellos largos"

Durante el jurásico, aparecieron los animales más grandes que la **Tierra** haya conocido: los saurópodos o "patas de lagarto", también llamados *cuellos largos*. Pasaban todo el día engullendo toneladas de hojas.

El **braquiosaurio** o "lagarto con brazos"

El braquiosaurio tenía poderosas mandíbulas. Sus dientes, en forma de cuchara, podían cortar las ramas más tiernas. Tenía un corazón enorme y potente que enviaba la sangre hacia la parte superior del cuello para que llegara hasta su pequeño cerebro. Él era quien ramoneaba más alto. En la copa de los árboles, encontraba hojas muy tiernas.

Cada dinosaurio comía a su altura.
De esta manera, todos podían convivir sin disputarse el alimento.

El **camarasaurio**
o "lagarto con cavidades"
Tenía cavidades en las vértebras.

Tenía muy buen olfato:
mira sus grandes fosas nasales.
Él era el primero en oler el
peligro y avisar a los demás.

El **dicraeosaurus**
o "lagarto horquilla"
Sus vértebras ahorquilladas
le daban mayor rigidez
a su columna vertebral.

Rastros en la roca

Estas marcas en el suelo son huellas fosilizadas. Las grandes huellas redondas y profundas se mezclaban con otras, parecidas a una garra de ave. ¿Qué nos cuentan?

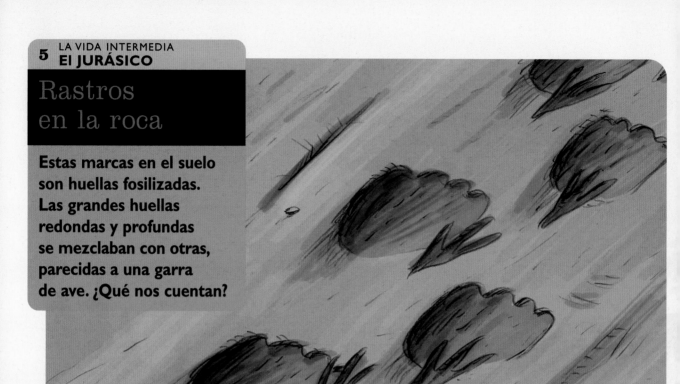

Las **huellas** en forma de **cubeta** pertenecieron a un gran herbívoro, un **apatosaurio** o "lagarto engañoso". Las otras, con **tres garras**, pertenecieron a un gran carnívoro, el **alosaurio** o "reptil extraño".

El **apatosaurio** se alejó del pantano, atraído por las hojas tiernas de un bosque joven de helechos gigantes.

Un **alosaurio** hambriento percibió el olor del herbívoro y siguió su pista **olfateando** las **huellas** en el lodo.

Cuando el **apatosaurio** sintió la **presencia** del carnívoro, cambió de dirección
y se abalanzó hacia el **pantano**. Pero era tan pesado que no pudo correr.
El **alosaurio** era muy rápido y logró **alcanzarlo**.

El apatosaurio azotó el aire con su **potente
cola** y golpeó al alosaurio en la pata
para que cayera.

Cuando logró levantarse, el apatosaurio
ya estaba dentro del pantano y avanzaba
hacia aguas más profundas. Estaba **a salvo.**

nombre	**Alosaurio**
significado	**Reptil extraño**
tamaño	**12 metros de largo**

• **Gracias a
sus dientes
y garras curvados
hacia atrás, podía
sujetar a su presa
cuando esta forcejeaba.**

nombre	**Apatosaurio**
significado	**Lagarto engañoso**
tamaño	**23 metros de largo**

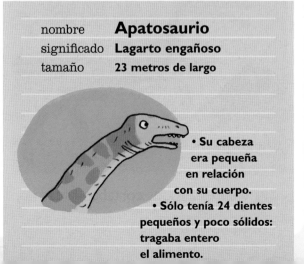

• **Su cabeza
era pequeña
en relación
con su cuerpo.**
• **Sólo tenía 24 dientes
pequeños y poco sólidos:
tragaba entero
el alimento.**

Un pollo con dientes

El río estaba casi seco. Sólo quedaban unos charcos de lodo, donde sobrevivían larvas y peces. Los helechos estaban llenos de insectos. Muchos lagartos corrían entre las matas. ¡Qué buen terreno de caza para un pequeño carnívoro!

Aquí está el **compsognathus** o "mandíbula elegante". Era un cazador raudo y astuto. Devoraba todo lo que fuera lo suficientemente pequeño para él.

Sus **dientes** afilados **cortaban** la carne.

Olfateaba la enorme huella de un barosaurio. Sí, era carne, ¡pero **demasiado grande** para él!

"Mandíbula elegante" encontró alguien **más rápido** que él: un pequeño mamífero que rápidamente se deslizó dentro de su escondite.

Ni hablar de compartir las presas con los "voladores". El **dimorphodon** o "doble diente" no podía comerse al lagarto: era demasiado torpe para correr.

nombre	**Compsognathus**
significado	**Mandíbula elegante**
tamaño	**60 centímetros de largo**

• Los huesos de su mandíbula eran muy finos.
• Sin duda, sólo tenía 2 dedos en sus manos.
• Era liviano y frágil.
• Corría rápido gracias a sus largas patas.

nombre	**Dimorphodon**
significado	**Doble diente**
tamaño	**75 centímetros de envergadura**

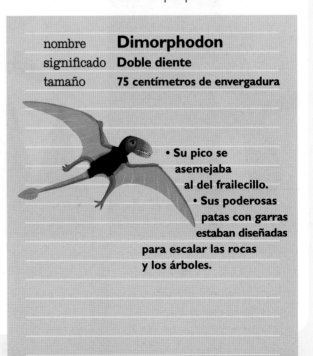

• Su pico se asemejaba al del frailecillo.
• Sus poderosas patas con garras estaban diseñadas para escalar las rocas y los árboles.

Plumas en el cielo

En el cielo donde volaban los insectos, los pterosaurios y los lagartos voladores, apareció un extraño animal con plumas...

El **animal con plumas** observó cómo volaban los **peteinosaurus**, "lagartos voladores", en el cielo. ¿Tal vez deseaba hacer lo mismo?

Trepó y trepó clavando
sus garras en la corteza.
Una vez arriba,
se lanzó al vacío.

Planeaba con las alas desplegadas.
En realidad no volaba, pero se las arreglaba.
Fue el **primer pájaro**.
Se llamó **arqueopterix** o "ala antigua".

Por supuesto, si lo desplumaban, el **arqueopterix** se parecía mucho a un pequeño carnívoro como el **compsognathus**: tenía la cola larga, patas para correr, garras para asir y dientes para masticar. La diferencia eran las plumas… En tierra, gracias a sus alas, **corría más rápido** y **saltaba**.

nombre **Peteinosaurus**
significado **Lagarto volador**
tamaño **60 centímetros de envergadura**

- **Era un reptil.**
- **Sus alas, bastante cortas, eran de piel, como las de los murciélagos.**
- **Su cola larga y recta le permitía volar con precisión.**
- **Capturaba los insectos en pleno vuelo.**

nombre **Arqueopterix**
significado **Ala antigua**
tamaño **70 centímetros de envergadura**

- **Fue el primer pájaro.**
- **Sus alas estaban cubiertas de plumas, pero no volaba muy bien.**

Los devoradores de bosques

La gran manada de diplodocus cruzaba el valle para llegar al bosque. Cuando devoraba por completo el bosque, migraba hacia el siguiente.

Numerosos depredadores seguían a la manada de **diplodocus** o "doble viga", listos para abalanzarse sobre un pequeño extraviado o un adulto herido. A esta vieja hembra le dolían las patas. Caminaba lentamente, pero todavía utilizaba adecuadamente la **mejor arma** de los diplodocus, la **cola**. El megalosaurio lo comprobó al recibir un fuerte latigazo.

Los **diplodocus** no podían levantar su cuello muy alto, entonces se apoyaban con todo su peso contra los árboles para desraizarlos y así alcanzar el follaje.

nombre	**Diplodocus**
significado	**Doble viga**
tamaño	**27 metros de largo**

- **Podía mantener la cola recta como una "viga" cuando caminaba, porque tenía 70 vértebras.**
- **El diplodocus comía cientos de kilos al día, que digería lentamente en su enorme estómago.**

- **Sus pequeños dientes, ubicados en la parte delantera de su boca, eran finos como un peine para arrancar las hojas y dejar las ramas.**

- **Pesaba "solamente" 10 toneladas (como 2 elefantes) porque sus vértebras eran huecas.**

- **Tenía 5 dedos bien separados y un talón blando para amortiguar sus pisadas.**

Un pequeño fuera de peligro

Sin tener que desplazarse, la gran hembra mamenquisaurio rastrillaba los helechos del claro gracias a su largo cuello y vigilaba de reojo a su cría que se alejaba demasiado.

De pronto aparecieron **tres cabezas**. ¡Eran "lagartos cornudos"!

La hembra **mamenquisaurio** gruñó. De inmediato, el pequeño se escondió entre las patas de su madre.

Los **ceratosaurios** o "lagartos cornudos" eran tres jóvenes machos. No tenían experiencia y rondaban alrededor del inmenso mamenquisaurio sin acercarse demasiado. Lo que deseaban era la cría.

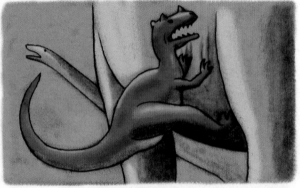

Repentinamente, un "cornudo" **saltó** y **arañó** profundamente el **vientre** de la madre.

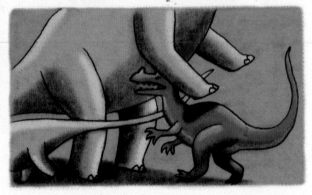

La mamá mamenquisaurio se **levantó** con **dificultad** sobre sus patas traseras.

GOODNIGHT MOON

THE SNOWY DAY
EZRA JACK KEATS

LIVE
FROM THE LIBRARY

STORY TIME FROM CHICAGOANS
FOR CHILDREN AROUND THE WORLD

Join us weekdays at 10CST on f LIVE

LIVE
FROM THE LIBRARY
STORY TIME FROM CHICAGOANS FOR CHILDREN AROUND THE WORLD
Join us weekdays at 10CST on f LIVE
EZRA JACK KEATS
THE SNOWY DAY
GOODNIGHT MOON
STORY AND PICTURES BY MAURICE SENDAK
MERMAID DREA
CHICAGO PUBLIC LIBRARY
CHICAGO PUBLIC LIBRARY FOUNDATION

El "cornudo" retrocedió, pero no lo suficientemente rápido. En un gran estruendo, la mamenquisaurio cayó sobre el carnívoro y le **aplastó el lomo**.

La madre y su pequeño ya no tenían nada que temer. Los otros dos "cornudos" encontraron algo que comer.

nombre	**Ceratosaurio**
significado	**Lagarto cornudo**
tamaño	**6 metros de largo**

• **Tenía un cuerno sobre la nariz para enfrentar a los otros machos en duelo.**

• **Su cuerno se rompía a menudo porque era frágil.**

• **Sus largos colmillos eran curvos para sujetar bien a la presa.**

• **Tenía dos pequeñas manos provistas de 4 dedos, 3 de los cuales tenían garras.**

nombre	**Mamenquisaurio**
significado	**Lagarto de Mamenchi**
tamaño	**22 metros de largo**

• **Mamenchi, lugar de China donde se encontró el primer fósil.**

• **Tenía el cuello más largo de todos los dinosaurios: medía 11 metros, tan largo como el resto de su cuerpo.**

Un pequeño muy solo

Gravemente herida por el "cornudo", la mamenquisaurio perdió mucha sangre. Se acostó y ya no se levantó. Su cría daba vueltas alrededor de ella gimiendo.

Un **carroñero** percibió el olor desde lejos. Corrió rápido sobre sus patas traseras para ser el primero en llegar. Era un **dilophosaurio**. El pequeño mamenquisaurio huyó.

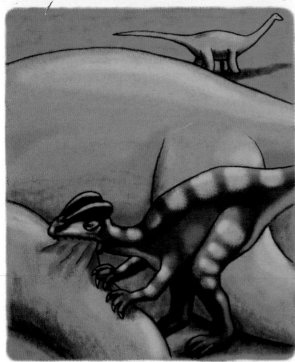

El dilophosaurio o "cresta doble" estaba frente a la enorme masa de carne. Miró a su alrededor: ¡No hay peligro! **Enterró sus dientes** y empezó a **arrancar** pedazos.

"Cresta doble" comió hasta saciarse y luego se alejó para digerir, dejando el lugar a otros carroñeros que limpiarían el resto del cadáver.

El pequeño mamenquisaurio debió **enfrentar solo** los peligros del jurásico.
Para sobrevivir, debió **unirse a una manada** de su especie.

nombre	**Dilophosaurio**
significado	**Cresta doble**
tamaño	**6 metros de largo**

• Sus 2 crestas le daban un aspecto hermoso y altivo, y le permitían mostrar su fuerza y carácter para seducir a las hembras, igual que un gallo.

• Tenía cuatro dedos en cada mano. Tres estaban provistos de garras muy eficaces para arrancar la carne de los cadáveres.

• Sus mandíbulas eran delgadas y débiles. Sus pequeños dientes no eran lo suficientemente resistentes para matar, pero sí perfectos para despedazar la carne.

El asesino pasa un mal rato

El solitario estegosaurio estuvo en el campo de helechos una semana. Se quedó ahí hasta que tragó todo. Su cerebro, apenas más grande que una avellana, sólo le dictaba una cosa: comer... comer. Tragaba sin masticar.

El **estegosaurio** o "lagarto con tejado" avanzó lentamente, con la cabeza al ras del suelo, arrancando con su pico las matas verdes.

¡Uf!, el estegosaurio pasó 2 horas a **pleno sol**. Tenía calor y se deslizó hacia la sombra de unas rocas. De esta manera, **lograba** que la sangre que circulaba por las placas de su lomo **se enfriara**.

Parece que el estegosaurio se quedó dormido. Un **alosaurio** se acercó cruzando el campo de helechos.

El estegosaurio abrió un ojo, vio al alosaurio y se puso de pie. El miedo hizo enrojecer sus placas. **Agitó** violentamente su **cola** en todos los sentidos.

El alosaurio recibió **cuatro heridas** en el muslo. Abandonó la pelea y se fue aullando. Fue un mal día para él…

nombre	**Estegosaurio**
significado	**Lagarto con tejado**
tamaño	**7 metros de largo**

• Cuando encontraron las primeras placas, creyeron que estaban ubicadas en el lomo de este dinosaurio como tejas sobre un techo.

• Las placas óseas que llevaba sobre el lomo funcionaban como un radiador.

• Su cola estaba provista de púas muy afiladas.

El lagarto que hizo temblar la tierra

El enorme sismosaurio caminaba lentamente sobre sus patas cortas y macizas.
Fue el animal más largo de todos los tiempos y el suelo temblaba a su paso… El sismosaurio tragaba hojas y helechos durante todo el día.

Las plantas eran coriáceas, pero el **sismosaurio** no tenía tiempo para masticarlas. Su enorme estómago se encargaba de digerirlas.

¡No, este dinosaurio no era un "piedrívoro"! Comía piedras para que **su estómago** pudiera **triturar** los vegetales que tragaba enteros.

Cuando las piedras ya estaban desgastadas, las escupía para tragar otras, más afiladas. Estas piedras se llamaban **gastrolitos**.

Todo este alimento producía enormes cantidades de excremento. Atraídos por el olor, llegaban muchos **escarabajos peloteros** que empezaban a limpiar.

Estos escarabajos fabricaban una **pelota de bosta** redonda. La hacían rodar y la enterraban. Luego, ponían un huevo encima. Cuando la larva salía, ¡la comida estaba lista!

nombre	**Sismosaurio**
significado	**Terremoto**
tamaño	**40 a 50 metros de largo**
	más de 100 toneladas
	(¡100 000 kg!)

• **Podía vivir 100 años.**

nombre	**Anurognathus**
significado	**Sin cola ni mandíbula**
tamaño	**50 centímetros de envergadura**

• **Los anurognathus limpiaban el lomo del sismosaurio de los parásitos que lo molestaban y de los insectos que le picaban, igual que los picabueyes sobre el lomo de los búfalos.**

El terror de los mares

No era un dinosaurio porque vivía en el mar. Pero este monstruo marino fue uno de los carnívoros más poderosos de todos los tiempos.

En medio de un burbujeo de espuma, emergió del océano un monstruo gigantesco, el **liopleurodon**. Atrapó con sus enormes mandíbulas al **dilophosaurio** y lo arrastró hacia el mar. Unos segundos más tarde, la playa estaba tranquila nuevamente.

El **liopleurodon** podía cazar sobre la playa o en alta mar. Atacaba presas de su tamaño, como el **leedsichthys,** uno de los peces más grandes que haya existido.

El **liopleurodon** nadaba batiendo sus inmensas aletas.

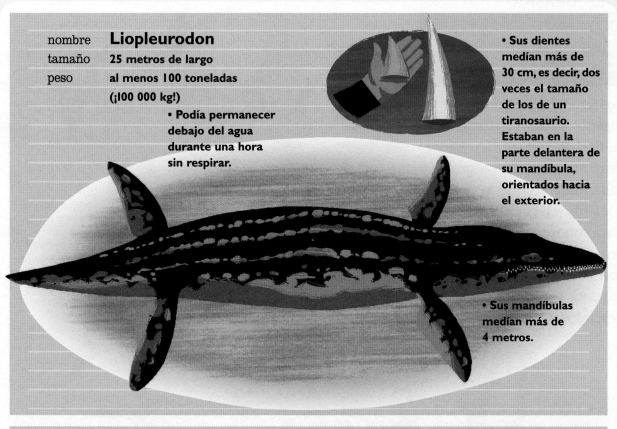

nombre **Liopleurodon**

tamaño 25 metros de largo

peso al menos 100 toneladas
(¡100 000 kg!)

• Podía permanecer debajo del agua durante una hora sin respirar.

• Sus dientes medían más de 30 cm, es decir, dos veces el tamaño de los de un tiranosaurio. Estaban en la parte delantera de su mandíbula, orientados hacia el exterior.

• Sus mandíbulas medían más de 4 metros.

nombre **Leedsichthys**

tamaño 22 a 25 metros de largo

• Este gigante sólo comía animales pequeños.

• Sus 40 000 dientes le permitían filtrar el agua de mar para capturar pequeñas presas.

Aprendiendo a pescar

Los pterosaurios eran reptiles voladores. Estaban cubiertos de piel. Eran animales de sangre caliente, como las aves y los murciélagos. Para mantener su temperatura, necesitaban comer regularmente. Algunos eran excelentes pescadores.

Este joven pterodáctilo aprendió a volar. Para ayudarlo, sus padres lo llamaban dando gritos.

Estos jóvenes pterodáctilos sabían volar, pero no pescar. Registraban la playa en busca de cangrejos y mariscos.

Al igual que las gaviotas, los **pterosaurios** o "lagartos alados" vivían formando grandes colonias **en los acantilados**. Construían nidos, donde criaban a sus pequeños fuera del alcance de los depredadores.

¡Un tronco lleno de dientes!
Era un cocodrilo marino.
Observaba el vuelo de los
pterodaustros y flotaba a
la deriva sin moverse.
Pero su ataque era fulminante.
Antes de que terminara el día,
se comía un pterosaurio.

Observando a sus
padres, los jóvenes
rhamphorhynchus
aprendieron a
pescar.

Cazadores submarinos

Aunque vivían en el agua, no eran peces ni mamíferos marinos. Eran reptiles que regresaron al mar. Se parecían mucho a nuestros delfines.

Al igual que los delfines, al **ictiosaurio** le encantaba jugar en la corriente, zambullirse en las olas y saltar fuera del agua. Como ellos, se alimentaba de calamares y peces utilizando sus pequeños dientes puntiagudos.

El **ictiosaurio** nadaba muy rápido. Se propulsaba moviendo la cola. Sus aletas le permitían cambiar de dirección.

Al igual que un delfín, debía volver a la **superficie** para respirar.

Como el delfín, la mamá **criaba** a su pequeño y le **enseñaba a cazar.**

Sin embargo, el **ictiosaurio** no era un mamífero como el delfín, era un **reptil** que regresó al mar.

El **plesiosaurio,** en cambio, no era un muy buen nadador, no perseguía a los peces en alta mar. Los buscaba en los agujeros de las rocas, debajo de las algas. De paso, aprovechaba para comer mariscos y crustáceos.

Para no flotar y permanecer en el fondo, tragaba guijarros. Luego, se **instalaba** en el **fondo** y esperaba a los amonites que traía la corriente.
En la noche, dormía sobre la playa.

Nacimientos

El plesiosaurio era ovíparo: ponía sus huevos en la playa. El ictiosaurio era vivíparo: sus crías nacían directamente del vientre de la madre.

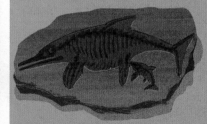

Este fósil muestra una madre ictiosaurio dando a luz una cría. El pequeño salía con la cola primero, igual que los delfines y las ballenas de hoy.

6 LA VIDA INTERMEDIA
EL CRETÁCICO

El cretácico fue el último
periodo de la vida intermedia.
El clima se enfrió un poco
y aparecieron las estaciones.
El mundo cambió de color
con la llegada de las
primeras flores.

Los "cuellos largos" fueron reemplazados
por animales que pacían en las praderas.
Algunos herbívoros se llenaban de armas
y escudos. Las abejas y las mariposas
libaban el néctar de las primeras flores.

Los pterosaurios gigantes todavía eran los amos del cielo.

Las magnolias fueron las primeras flores que aparecieron sobre la Tierra.

Aparecieron las serpientes y los varanos.
Los mamíferos permanecieron escondidos.

Un concierto en la llanura

Los "picos de pato" no tenían garras ni coraza ni cuernos. Algunos poseían una cresta en la cabeza, otros un casco.

Los corythosaurios bramaban. ¡Había demasiados en ese bosquecillo!

El edmontosaurio localizó una hermosa hembra. Mugió para mostrarle su linda voz.

El parasaurolophus infló sus mejillas y luego resopló por la nariz dentro de sus trompas. El resultado fue un sonido grave como el de un trombón.

Los **hadrosaurios** o "picos de pato" solían vivir en grupo. Se desplazaban todos juntos para encontrar alimento.

nombre	**Hadrosaurio**
significado	**Pico de pato**
tamaño	**9 metros de largo**

**• Utilizaba 4 patas
para comer y 2 para correr.**

**• El hadrosaurio tenía uñas
en forma de pezuñas.**

**• La parte delantera de su boca era un pico sin dientes,
con bordes afilados para cortar las ramas de los arbustos.**

nombre	**Corythosaurio**
significado	**Casco corintio**
tamaño	**9 metros de largo**

**• Su espectacular
cresta en forma
de abanico
recuerda el casco
de los soldados
griegos de Corinto.**

nombre	**Edmontosaurio**
significado	**Lagarto de Edmonton**
tamaño	**13 metros de largo**

**• Tenía un pico desdentado
para ramonear las hojas
de los árboles, y miles de
dientes en el fondo de su
boca para triturar los
vegetales. Los dientes
desgastados eran
reemplazados de
inmediato.**

nombre	**Parasaurolophus**
significado	**Lagarto con cresta de lados paralelos**
tamaño	**9 metros de largo**

**• El parasaurolophus
tenía una cresta que
se encajaba en un
orificio ubicado
en su lomo.**

Los carroñeros

Una semana después de la muerte de un gran carnívoro herido, los gusanos hormigueaban por su carroña. El olor era fétido. Un carcharodontosaurio o "diente de tiburón" se acercó, giró alrededor y titubeó ante esa cabeza que se parecía tanto a él.

Luego, de un solo tirón, "**diente de tiburón**" arrancó un gran pedazo de carne podrida.

Los **quetzalcoatlus** o "serpientes emplumadas" fueron los "voladores" más grandes de todos los tiempos. Esperaban su turno para limpiar el cadáver. Las moscas terminaban el trabajo y sólo dejaban algunos huesos blancos, los que tal vez serían descubiertos millones de años después.

nombre	**Carcharodontosaurio**
significado	**Diente de tiburón**
tamaño	**8 metros de largo**

• **Sus dientes estriados medían alrededor de 12 cm y se parecían un poco a los del gran tiburón blanco.**

nombre	**Quetzalcoatlus**
significado	**Serpiente emplumada**
tamaño	**12 metros de envergadura**

• **Con su largo pico, se alimentaba de los cadáveres, igual que el marabú actual.**

Una buena madre

En 1978, unos paleontólogos descubrieron en Estados Unidos varios nidos de grandes herbívoros que contenían pequeños esqueletos.

Los dientes de los pequeños estaban desgastados. En sus estómagos quedaban rastros de bayas y semillas. Esto quería decir que los pequeños comían en el nido y alguien les llevaba el alimento: su madre.

Este dinosaurio fue bautizado como **maiasaura**, que significa "buena madre".

La mamá maiasaura raspaba el suelo con sus garras para cavar un gran **nido**. Ponía sus **huevos** en el interior: 2 docenas. Los cubría con hojas y tierra. Al pudrirse, las hojas despedían el calor necesario para calentar los huevos.

Mientras algunas mamás se alimentaban, las otras **vigilaban** los huevos. ¡Había muchos interesados en ellos!

El pequeño dinosaurio rompía la cáscara del huevo gracias a un **diente** que tenía sobre el hocico, igual que un polluelo.

Durante varias semanas, la madre los alimentaba en el **nido**.

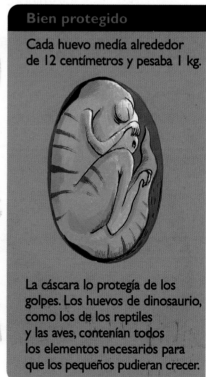

Bien protegido

Cada huevo medía alrededor de 12 centímetros y pesaba 1 kg.

La cáscara lo protegía de los golpes. Los huevos de dinosaurio, como los de los reptiles y las aves, contenían todos los elementos necesarios para que los pequeños pudieran crecer.

La jauría salió a cazar

En la ribera, el "lagarto con tendones" corría para salvar su vida. A pesar de su peso, fue un buen corredor. Sus perseguidores, mucho más pequeños, eran unos "garras terribles" que cazaban en grupo igual que los lobos.

El **tenontosaurio** o "lagarto con tendones" estaba cansado. Aminoró el paso. De inmediato se vio **rodeado**.

Los "garras terribles" saltaron sobre el tenontosaurio, le encajaron en la piel sus **uñas afiladas** y le laceraron el vientre con las grandes **garras** de sus patas.

El tenontosaurio se levantó y golpeó con su **pesada cola** a algunos atacantes. Sin embargo, perdió mucha sangre. La jauría sabía que moriría.

Los "garras terribles" esperaron a cierta distancia de la peligrosa cola. Finalmente, el tenontosaurio se acostó: Era la señal. Los carnívoros lo **devoraron**.

nombre	**Deinonychus**
significado	**Garra terrible**
tamaño	**4 metros de largo**

nombre	**Tenontosaurio**
significado	**Lagarto con tendones**
tamaño	**7 metros de largo**

• **Era inteligente, tenía un cerebro grande.**

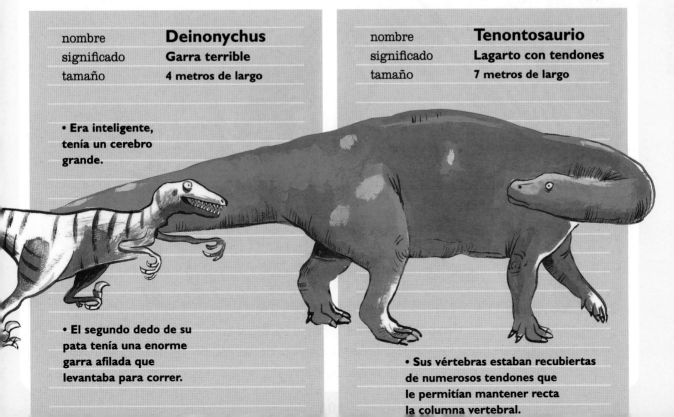

• **El segundo dedo de su pata tenía una enorme garra afilada que levantaba para correr.**

• **Sus vértebras estaban recubiertas de numerosos tendones que le permitían mantener recta la columna vertebral.**

Un gran susto

Dos "patos gigantes" pastaban tranquilamente a orillas del lago. Eran dos hermanas, nacidas en el mismo nido, que nunca se habían separado.

Una de las dos **anatotitan** o "pato gigante" estaba inquieta y vigilaba los alrededores. La otra, engullía las plantas que crecían en el agua. Gracias a su centenar de dientes, tallados en forma de diamante, transformaban los tallos coriáceos en puré.

Repentinamente, un **daspletosaurus** o "lagarto espantoso" apareció de la nada. El "pato gigante", con las mejillas infladas, bramó de terror. El "lagarto espantoso" embistió a la glotona. Su hermana se sumergió.

No tenía nada que temer en el fondo del lago. Como carecía de armas y coraza, su única salvación era refugiarse en las profundidades donde nadaba maravillosamente. El **ichthyornis** o "pájaro pez" se burlaba de estos gigantes, siempre y cuando hubiese pescado.

nombre	**Anatotitan**
significado	**Pato gigante**
tamaño	**10 metros de largo**

• Se alimentaba pastando en 4 patas o erguido sobre sus patas traseras para alcanzar las ramas bajas.

nombre	**Daspletosaurio**
significado	**Lagarto espantoso**
tamaño	**8.5 metros de largo**

• Caminaba sobre sus poderosas patas traseras dando grandes zancadas. Avanzaba rápido. Prefería atacar por sorpresa.

nombre	**Ichthyornis**
significado	**Pájaro pez**
tamaño	**1 m de envergadura**

• Era un verdadero pájaro que volaba perfectamente bien, una especie de gaviota con dientes.

El combate inmóvil

El viejo "ladrón veloz" fue excluido de la jauría. Debió vivir solo. Desde lo alto de la duna, vio acercarse un "primer cuerno". Si bien era joven, se veía bastante fuerte.

Era una presa un poco grande para un solo cazador, pero el **velociraptor** o "ladrón veloz" tenía hambre. Se abalanzó, cayó sobre su presa y le enterró las largas garras de sus dedos en el lomo. Se aferró y laceró el vientre del **protoceratops** o "primer cuerno" con su garra en forma de hoz.

El "primer cuerno" atrapó con su pico una pata del "ladrón veloz". La mordió tan fuerte que la rompió. La duna se derrumbó sobre los combatientes quienes murieron asfixiados en su posición de combate.

80 millones de años después, seguirán aferrados el uno al otro.

nombre	**Protoceratops**
significado	**Primer cuerno**
tamaño	**2.70 metros de largo**

• La madre ponía 30 huevos en espiral y luego los tapaba con arena.

• Su piel era muy gruesa.

• Una gola ósea le protegía el cuello.

• Con sus dientes trituradores, arrancaba las ramas y luego las masticaba.

• Su pico, muy poderoso, estaba coronado por una protuberancia.

nombre	**Velociraptor**
significado	**Ladrón veloz**
tamaño	**1.80 metros de largo**

• Cazaba en jauría, como las hienas.

• Sus dedos con garras le permitían aferrarse.

• Poseía una gran garra en forma de hoz para cortar la carne.

• El velociraptor tenía patas largas y delgadas para saltar sobre su presa.

La fortaleza

La manada pastaba tranquilamente en un campo de helechos cuando repentinamente: ¡Brooaa! ¡Alerta! El pequeño "tres cuernos" se refugió bajo el vientre de su madre. Las hembras se habían apretado unas contra otras.

A su alrededor, los **triceratops** machos o "tres cuernos" pateaban y arañaban el suelo. La manada mugía. ¡Impresionante! El pequeño ya no se movía.

Ahí estaba el peligro: ¡era un **giganotosaurio**!

De improviso, un "tres cuernos" salió de la manada. Era **inmenso**.

Inmediatamente, el escudo volvió a formarse tras él. El **gran macho** arremetió contra el giganotosaurio. El carnívoro no corrió riesgos y huyó antes de ser ensartado.

nombre	**Triceratops**
significado	**Tres cuernos**
tamaño	**9 metros de largo**

• Una gola ósea protegía su cuello de las mordeduras.

• Con su pico, cortaba los duros tallos de los helechos.

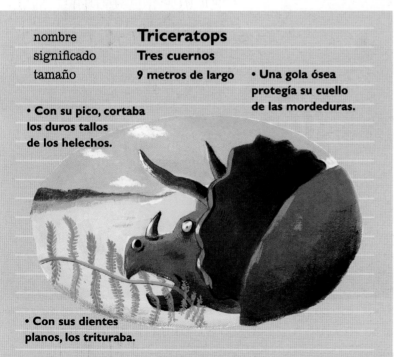

• Con sus dientes planos, los trituraba.

En el caso del triceratops, se han encontrado numerosos fósiles de cráneos dañados: a menudo, los machos se enfrentaban para convertirse en jefe de la manada. Se hacían frente y luego se embestían como los rinocerontes de hoy.

Cazador
de cazadores

**Una pareja de albertosaurios
mató a un "cabeza dura" y
lo devoró tranquilamente.
Pero, de pronto, la joven
hembra empezó a gruñir.
Vio que el giganotosaurio
se acercaba.**

El **giganotosaurio** o "gigante del Sur" estaba nervioso. Huyó de la embestida del "tres cuernos".
¡Quería los restos de esa presa! Se abalanzó rugiendo sobre la pareja de **albertosaurios**.

Era grande y agresivo, y estaba hambriento. La pareja fingió cierta resistencia, pero luego abandonó sin pelear los restos, a mitad devorados, del "cabeza dura".

nombre	**Giganotosaurio**
significado	**Gigante del Sur**
tamaño	**13 metros de largo**

• El giganotosaurio fue el carnívoro más grande de todos los tiempos. Era más grande que el tiranosaurio, pero menos poderoso y astuto.

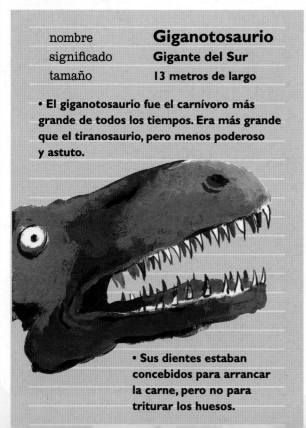

• Sus dientes estaban concebidos para arrancar la carne, pero no para triturar los huesos.

nombre	**Albertosaurio**
significado	**Lagarto de Alberta**
tamaño	**8 metros de largo**

• El albertosaurio se asemejaba al tiranosaurio. Como era bastante liviano, perseguía a su presa corriendo.

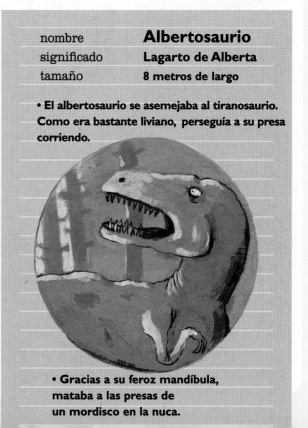

• Gracias a su feroz mandíbula, mataba a las presas de un mordisco en la nuca.

La noche de los pequeños cazadores

La noche estaba tranquila. Los dinosaurios dormían y los pequeños mamíferos podían salir a cazar.

El **stenonychosaurus** buscaba entre las hojas y escarbaba la tierra para encontrar pequeños animales y comérselos. Era miedoso y se sobresaltaba con cualquier ruido.

Este animal peludo, del tamaño de un gato, era el **didelphodon**. Desenterró 6 grandes huevos de dinosaurio para comer.

Cuando nacían, los **didelphodon** eran todavía prematuros. Debían refugiarse en la **bolsa ventral** de su madre y aferrarse a una mama hasta ser lo suficientemente grandes para salir.

Al stenonychosaurus también le gustaban los **huevos**. Trató de birlarse uno.

nombre	**Didelphodon**
tamaño	**similar al de un gato**

• Fue el mamífero más grande que haya vivido en tiempos de los dinosaurios. Era un marsupial, como el koala.

• Con sus 2 grandes dientes, trituraba los huesos.

nombre	**Stenonychosaurus**
	o Troodon
tamaño	**3 metros de largo**

• Pesaba apenas 45 kilos. Era bípedo.

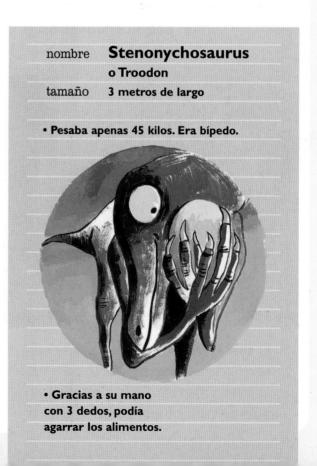

• Gracias a su mano con 3 dedos, podía agarrar los alimentos.

El golpe de ariete

En la ladera de la montaña, vivía una pequeña manada de paquicefalosaurios.
El más grande, el jefe, protegía a las hembras.
Trepaba sobre las rocas para vigilar mejor los alrededores.

El **paquicefalosaurio** o "cabeza dura" olfateó a un rival.
Otro macho entró en su territorio. Tuvieron que pelear.

El **rival** era un "cabeza dura" grande y joven. Ya tenía edad suficiente para tener su propia manada. Ambos machos se irguieron para **observarse** desde lejos.

Repentinamente, se **abalanzaron** el uno contra el otro, con la cabeza gacha y la cola levantada. Ambos cráneos chocaron y la batalla duró mucho tiempo.

Pero el anciano jefe **flaqueó**. Retrocedió, lo habían vencido. Lo perdió todo: su posición como jefe, su territorio y sus hembras. Desapareció dentro del bosque.

El joven macho se convirtió en el **nuevo** jefe de la manada. Los pequeños que engendraron las hembras eran suyos.

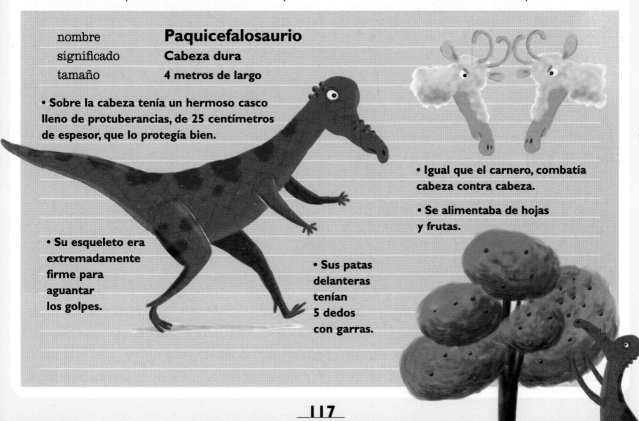

nombre	**Paquicefalosaurio**
significado	**Cabeza dura**
tamaño	**4 metros de largo**

• **Sobre la cabeza tenía un hermoso casco lleno de protuberancias, de 25 centímetros de espesor, que lo protegía bien.**

• **Igual que el carnero, combatía cabeza contra cabeza.**

• **Se alimentaba de hojas y frutas.**

• **Su esqueleto era extremadamente firme para aguantar los golpes.**

• **Sus patas delanteras tenían 5 dedos con garras.**

Bambi, el terrible

El bambiraptor no jugaba con los pequeños animales del bosque. ¡Se los comía! Era un pequeño, pero terrible cazador. A lo lejos, los parksosaurus lo ignoraban. Debe su nombre al personaje "Bambi" de Walt Disney. Extraño para un reptil tan peligroso.

El **bambiraptor** o "bambi ladrón" buscaba entre las cepas y los helechos mientras comía insectos. De repente, se quedó inmóvil. Olfateó algo muy rico. El olor provenía de un montón de hojas muertas. Bambi escarbó. Volaron las hojas, luego la tierra. ¡Ahí estaban! Unos **huevos**, dispuestos ordenadamente… ¡A deleitarse! Eran **huevos** de **parksosaurus**.

El **parksosaurus** no se ocupaba de sus huevos. Los ponía en un hoyo, y los tapaba con tierra y hojas. Luego, los abandonaba.

Bambi no encontró todos los huevos. Sin embargo, cuando los pequeños salieron del **cascarón**, debieron enfrentar solos los peligros. ¡Y Bambi estuvo ahí!

nombre	**Parksosaurus**
significado	**Reptil de Parks**
tamaño	**2.50 metros de largo**

- **Vivía en manada. Cuando estaba en peligro, huía corriendo sobre sus patas traseras.**

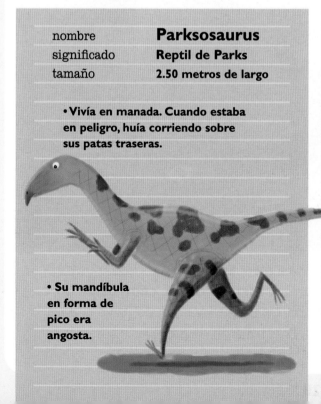

- **Su mandíbula en forma de pico era angosta.**

nombre	**Bambiraptor**
significado	**Bambi ladrón**
tamaño	**1 metro de largo**

- **El bambiraptor corría muy rápido. Seguramente, estaba cubierto de plumas para conservar su calor.**

- **Con sus pequeños dientes afilados como hojas de afeitar, desgarraba sin dificultad la carne de sus presas.**

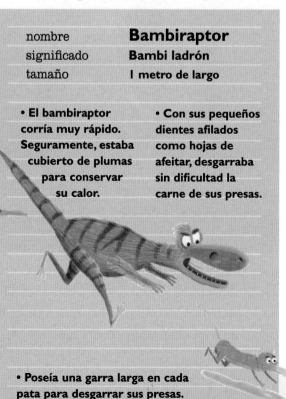

- **Poseía una garra larga en cada pata para desgarrar sus presas.**

La gran migración

Igual que en la sabana de hoy, las grandes manadas de herbívoros del cretácico se desplazaban en busca de alimento cuando llegaba la estación seca. Pero esta migración estaba llena de peligros.

El **deinosuchus** o "cocodrilo terrible" esperaba a menudo semanas, incluso meses, para poder comerse una presa. ¡Pero llegó la hora! Una gran manada de **centrosaurios** o "cornudos" cruzaba el río. Todos se empujaron. Un pequeño "cornudo" cayó al agua. Los machos aullaron enfurecidos y las hembras trataron de proteger a sus crías.

El "cocodrilo terrible" observó: un pequeño perdido…, un herido que perdía sangre…, un macho anciano y agotado… Una y otra vez, cerró sus inmensas fauces sobre las presas, las arrastró hasta el fondo del río y las ahogó. **Acumuló reservas** para más tarde.

nombre	**Deinosuchus**
significado	**Cocodrilo terrible**
tamaño	**10 metros de largo**

• **Era enorme; el cocodrilo más grande de todos los tiempos.**

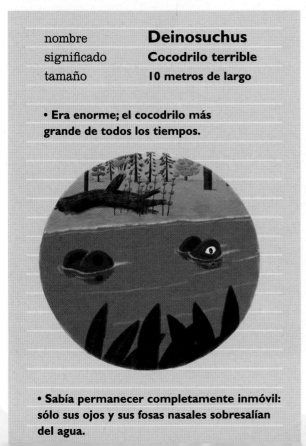

• **Sabía permanecer completamente inmóvil: sólo sus ojos y sus fosas nasales sobresalían del agua.**

nombre	**Centrosaurio**
significado	**Lagarto de punta afilada**
tamaño	**6 metros de largo**

• **El centrosaurio se parecía a un gran rinoceronte.**

• **Sólo tenía un cuerno sobre el hocico.**

• **Su pico le permitía arrancar los brotes de las plantas.**

• **Su gola le protegía el cuello.**

• **Su cuerpo era rechoncho.**

La pradera en flor

Durante el cretácico, aparecieron las primeras plantas con flores. En el aire, zumbaban las moscas y las abejas. Las mariposas volaban de flor en flor. Era un paraíso para los devoradores de insectos.

El **avimimus** o "semejante a un ave" atrapaba todo lo que volaba, saltaba y reptaba. ¡Hop!, un saltamontes. La ventaja, en este terreno despejado, es que podía ver el peligro desde lejos.

Este peligro no era grande, pero sí largo. Cuando surgió sin ruido en medio de las aves, cundió el pánico. Pero si el avimimus hubiera observado bien, habría notado el pequeño mamífero que deformó el vientre de la serpiente. La **dinilysia** o "asesina" ya comió. No representaba ningún riesgo.

nombre	**Avimimus**
significado	**Parecido a un ave**
tamaño	**hasta 1.5 metros**

• El avimimus no era un ave, pero estaba cubierto de plumas.

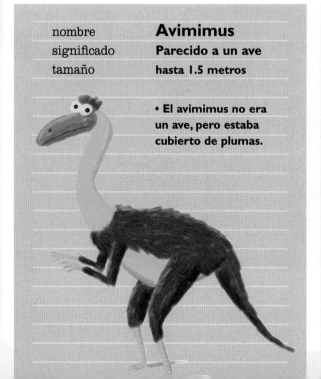

nombre	**Dinilysia**
significado	**Asesina**

• La dinilysia fue una de las primeras serpientes. Sus antepasados fueron lagartos que perdieron sus patas.

• Asesinaba a su presa como la boa, apretándola entre sus anillos para asfixiarla.

Una sonrisa de cocodrilo

El río arrastraba grandes cantidades de árboles arrancados por el viento. Estos formaban montones que se pudrían en la ribera y se llenaban de grandes algas verdes. Distintos tipos de pequeños reptiles se alimentaban sin temor al baryonyx, el gran carnívoro con sonrisa de cocodrilo.

El **baryonyx** o "garra pesada" permanecía inmóvil, a algunos metros, con las patas en el agua. Pescaba igual que los osos grizzly en ríos llenos de salmones. Sus patas delanteras estaban provistas de grandes garras afiladas. Pero, ¿por qué los pequeños reptiles no le temían?

Los reptiles sabían que no tenían nada que temer. "Garra pesada" sólo comía grandes… **grandes pescados**. Inmóvil, acechaba el paso de una presa. Repentinamente, a la velocidad del rayo, estiraba su pata y sus **garras atravesaban** el pescado igual que un **arpón**.

"Garra pesada" llevaba el pescado a tierra, bajo la **sombra de los árboles**, y lo devoraba tranquilamente. En medio del revoltijo de ramas, los jóvenes peces se escondían del sol. El **pelecanimimus** o "semejante a un pelícano" aprovechaba para llenar su buche. ¡Después se los comía!

nombre	**Baryonyx**
significado	**Garra pesada**
tamaño	**9 metros de largo**

• Como sus fosas nasales estaban ubicadas en la parte posterior de su hocico, podía dejarlo dentro del agua y seguir respirando.

nombre	**Pelecanimimus**
significado	**Similar a un pelícano**
tamaño	**2 metros de largo**

• El pelecanimimus almacenaba los pescados en el buche de su pico para llevárselos a sus crías u ofrecérselos a "garra pesada" si este se veía amenazante.

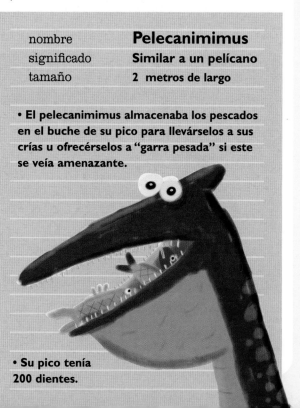

• Su pico tenía 200 dientes.

Un extraño ladrón de huevos

En 1920, una expedición partió hacia el desierto de Gobi, en Asia. Descubrió unos esqueletos de protoceratops alrededor de una gran cantidad de cáscaras de huevos. Pero, en medio del nido, había un extraño dinosaurio con cabeza de ave.

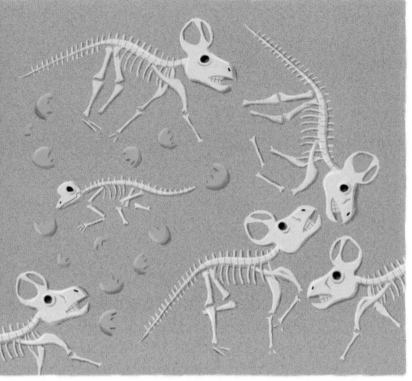

¿Qué hacía ahí ese dinosaurio sin dientes? De inmediato, pensaron que estaba comiéndose los huevos de los protoceratops cuando todos murieron asfixiados bajo la arena. Se le bautizó entonces como **oviraptor**, el "ladrón de huevos".

Sólo en 1990, la verdad quedó al descubierto. Hallaron el esqueleto de un "ladrón de huevos" en un nido con **huevos** idénticos a **los encontrados** la primera vez. Pero, al **abrir los huevos**, encontraron pequeños esqueletos de… ¡"**ladrones de huevos**"!

¡Se habían equivocado! Los primeros huevos no eran de protoceratops, sino de oviraptor. No era un saqueador, sino una madre muy solícita que protegía sus huevos.

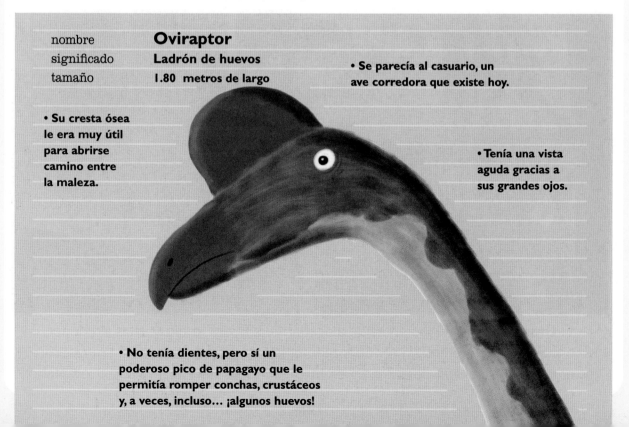

nombre	**Oviraptor**
significado	**Ladrón de huevos**
tamaño	**1.80 metros de largo**

• **Se parecía al casuario, un ave corredora que existe hoy.**

• **Su cresta ósea le era muy útil para abrirse camino entre la maleza.**

• **Tenía una vista aguda gracias a sus grandes ojos.**

• **No tenía dientes, pero sí un poderoso pico de papagayo que le permitía romper conchas, crustáceos y, a veces, incluso... ¡algunos huevos!**

Puñales contra coraza

El tiranosaurio bajó de la colina cojeando. Su estómago estaba vacío. Durante la mañana, sólo encontró presas extremadamente pequeñas.

Abajo, el **anquilosaurio** o "reptil tieso" se acostó en el suelo, con las patas escondidas bajo su vientre. Sobre el lomo tenía una gruesa coraza que lo protegía hasta de los dientes más largos, pero su vientre, en cambio, no estaba protegido y era bastante blando.

El **tiranosaurio** titubeó antes de atacar al "reptil tieso" y dio vueltas alrededor. Lo mordió en el vientre, sin ser alcanzado por el garrote de su cola. El tiranosaurio arremetió contra el anquilosaurio. Lo empujó con todas sus fuerzas y logró levantarlo.

La temible cola **azotó** el aire. El tiranosaurio lo empujó nuevamente y el "reptil tieso" rodó sobre su lomo. Con el vientre expuesto, el anquilosaurio estaba **perdido**. El tiranosaurio rugió en signo de victoria antes de enterrar sus colmillos en la carne blanda.

nombre	**Anquilosaurio**
significado	**Reptil tieso**
tamaño	**8 metros de largo**

• El anquilosaurio se parecía al armadillo. Se alimentaba de vegetales tiernos o flores, como las magnolias, porque sus dientes eran pequeños.

• Su cuerpo estaba recubierto por pesadas placas óseas que formaban una coraza.

• Su garrote estaba formado por 2 grandes bolas de hueso de 50 kg.

• Tenía muy buena vista.

nombre	**Tiranosaurio rex**
significado	**Reptil tirano**
tamaño	**15 metros de largo**

• El tiranosaurio rex era el rey de los monstruos, el terror del cretácico. Cazaba al acecho, como el tigre, y podía engullir 200 kg de carne.

• Su olfato y su oído estaban muy desarrollados.

Huevos en la playa

La corriente cálida traía muchos peces pequeños. Acostada sobre una roca, la elasmosaurio sólo tenía que sumergir su inmenso cuello para alimentarse. Esperaba la noche para cumplir con una delicada tarea.

La **elasmosaurio** o "cuello de cinta" se arrastraba fuera del agua. Subía hasta la cima de la duna con dificultad.

Una vez que llegaba donde quería, excavaba un hoyo profundo con sus **patas traseras**…

…y depositaba adentro su tesoro: un montón de **huevos** blancos y redondos.

Tapaba el hoyo y regresaba al mar.

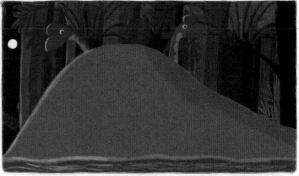

Unos ojos observaban. ¡Eran **saqueadores de nidos**, devoradores de huevos!

Unas semanas después, otro peligro acechaba a los recién nacidos: ¡los "**voladores**"! Ellos se lanzaban en picada para recoger a los pequeños elasmosaurios que se arrastraban hacia el agua.

Tres pequeños lograron llegar al mar.
Dos fueron devorados por los peces.
El último creció y se convirtió en
un magnífico "cuello de cinta".

nombre	**Elasmosaurio**
significado	**Cuello de cinta**
tamaño	14 metros de largo

• **Nadaba como la tortuga marina actual.**

• **Su cuello sólo medía 8 metros, es decir, más de la mitad de su cuerpo.**

• **Sus numerosos dientes se imbricaban unos dentro de otros.**

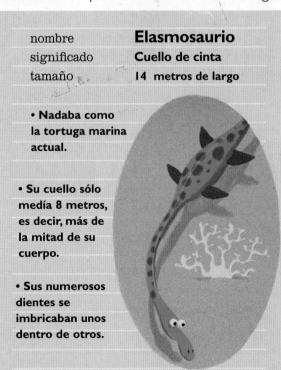

Alerta en el termitero

¡El terror se cernía sobre la ciudad! Un monstruo atacó el termitero. ¡Todos a pelear!

En el **termitero**, existían tubos de ventilación que llegaban hasta la cima, reservas de alimento, un comedor, una guardería y la pieza del rey. Esta ciudad en miniatura, perfectamente organizada, fue atacada repentinamente: el **therizinosaurus** o "lagarto con guadaña" abrió el termitero con sus inmensas garras.

El rey y la reina estaban a salvo. Habían sido trasladados hasta las profundidades del termitero.

Los soldados se lanzaban al combate. Picaban y mordían. La **lengua viscosa** del "lagarto con guadaña" se adentraba por las galerías y **capturaba a los insectos** para llevárselos a la boca.

Luego, saciado, el monstruo se iba. Ahora, sólo quedaba reconstruir.

nombre	**Therizinosaurus**
significado	**Lagarto con guadaña**
tamaño	**5 metros de largo**

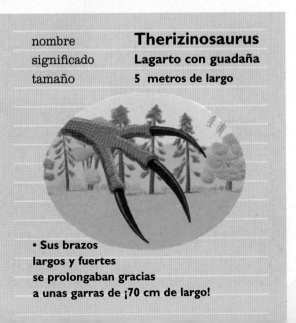

• Sus brazos largos y fuertes se prolongaban gracias a unas garras de ¡70 cm de largo!

En las tierras heladas

El verano polar llegaba a su fin. Durante 5 meses, el sol no se había puesto. Luego, venía el frío, caería nieve y la tierra se congelaría.

En el sotobosque, el clan de los **leaellynasauras** se reagrupaba. Eran **demasiado pequeños** para **migrar**. Debían sobrevivir durante la larga noche helada. Afortunadamente, habían acumulado reservas y estaban bastante gordos. Debían **raspar la nieve** para encontrar algunas raíces y protegerse del fuerte viento que todo lo arrastraba.

El koolasuchus, un antiguo anfibio sobreviviente de otra era, se hundía en el fondo de la ciénaga donde hibernaba durante todo el invierno.

Los grandes herbívoros como los **muttaburrasaurus** partían nuevamente hacia las tierras más cálidas, en el Norte.

nombre	**Leaellynasaura**
significado	**Reptil de Leallyn**
tamaño	**3 metros de largo**

- **Si tomamos en cuenta sus condiciones de vida, sólo podía tener la sangre caliente, de lo contrario se habría congelado.**

- **Sus inmensos ojos le permitían ver a través de la noche polar.**

nombre	**Muttaburrasaurus**
tamaño	**7 metros de largo**

- **Se encontró su esqueleto cerca de Muttaba, en Australia.**

- **El bulto óseo que tenía sobre el hocico era decorativo.**

El mar se tiñó de rojo

El joven mosasaurio tenía una herida en la aleta. Nadaba con dificultad y perdía un poco de sangre. Lo más difícil era sacar la cabeza fuera del agua para respirar.

El **mosasaurio** o "lagarto del Mosa" era perseguido por un grupo de pequeños tiburones, los que generalmente formaban parte de sus presas. Ahora, él era la presa.

Repentinamente, los carnívoros se apartaron para dejar pasar a un **gigante**, un tiburón dos veces más pesado que el **mosasaurio**.

La mordedura fue terrible. Mientras el mosasaurio **forcejeaba**, el tiburón lo mordía una y otra vez. El agua se tiñó de rojo.

El mosasaurio ya no se movía, el tiburón engulló enormes bocados y luego regresó mar adentro, dejando los restos a un grupo de pequeños tiburones sobreexcitados.

nombre	**Mosasaurio**
significado	**Lagarto del Mosa**
tamaño	**15 metros de largo**

• Este otro mosasaurio se llamaba Globidens.

• El primer mosasaurio fue descubierto a orillas del Mosa, en los Países Bajos; de ahí su nombre.

• Sus dientes en forma de pelotas de golf le permitían aplastar los crustáceos y los moluscos.

• Su cola era achatada.

El paraíso de los lagartos

Era primavera. El clima estaba templado. Había colores por todas partes. Como nunca antes, la vida era abundante, variada y equilibrada.

Un grupo de hadrosaurios mugía y retozaba en un bosquecillo de magnolias.

138

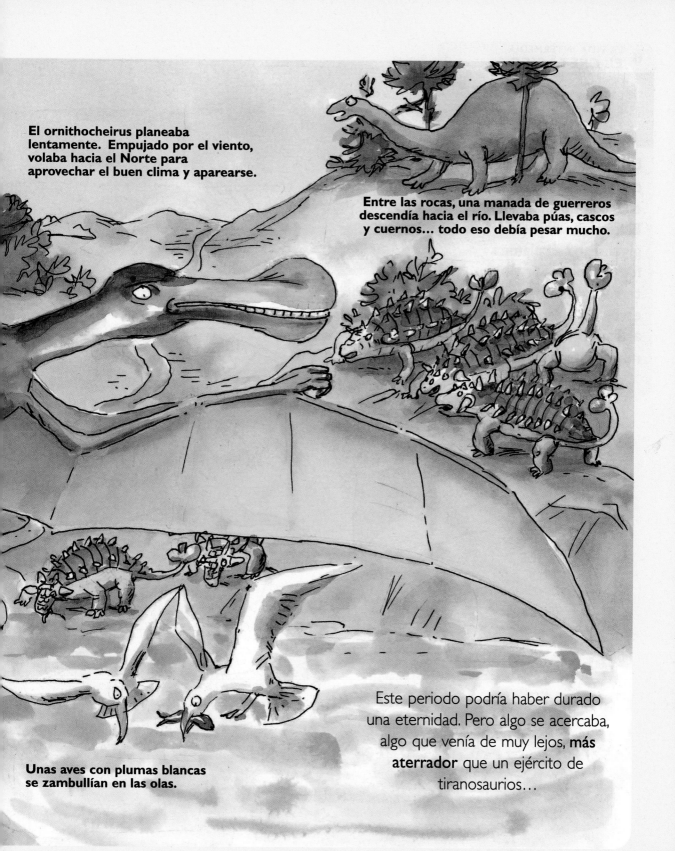

El ornithocheirus planeaba
lentamente. Empujado por el viento,
volaba hacia el Norte para
aprovechar el buen clima y aparearse.

Entre las rocas, una manada de guerreros
descendía hacia el río. Llevaba púas, cascos
y cuernos... todo eso debía pesar mucho.

Unas aves con plumas blancas
se zambullían en las olas.

Este periodo podría haber durado
una eternidad. Pero algo se acercaba,
algo que venía de muy lejos, **más
aterrador** que un ejército de
tiranosaurios...

La muerte que viene del cielo

Una enorme roca, una bola de fuego venida del espacio chocó contra la Tierra. El impacto dejó un cráter gigantesco. El planeta fue sacudido por violentos terremotos. Los volcanes escupían fuego y los bosques ardían. Un formidable maremoto cruzó el océano.

El fin del mundo

Unas gigantescas nubes de polvo ocultaron el sol. La noche cayó sobre la tierra de los dinosaurios durante mucho tiempo.

Las plantas, privadas de luz, murieron.

Los herbívoros ya no encontraban nada que comer y morían de hambre.

Como ya no quedaban herbívoros que cazar, los carnívoros morían.

Los dinosaurios y muchos otros seres vivos **desaparecieron** para siempre.

7

LA NUEVA VIDA

El sol volvió a aparecer y la vida
renació sobre las cenizas del cataclismo.
Las semillas de las plantas con flores
germinaron. Nuevamente, se escuchó
el zumbido de los insectos. Las aves
y los mamíferos se multiplicaron.
Los animales que vivían en el fondo
del mar se salvaron: peces, crustáceos,
mariscos, estrellas de mar, erizos…
Algunos reptiles sobrevivieron:
cocodrilos, lagartos, serpientes y tortugas.

Los nuevos amos

Los mamíferos se valieron de la desaparición de los dinosaurios para multiplicarse y diversificarse hasta convertirse a su vez en los nuevos amos del mundo.

Escondidos bajo tierra y protegidos por su pelaje y tamaño, los **mamíferos** sobrevivieron a todo: a los inmensos carnívoros, a los volcanes y a la larga noche.

Los mamíferos tienen **cualidades** de las que carecían los dinosaurios.
Como son animales de **sangre caliente**, no les afecta la temperatura externa.
Protegen a sus crías hasta que estas saben arreglárselas solas.
Están provistos de dientes aptos para **todo tipo** de alimentos.

Sin los dinosaurios, los mamíferos podían crecer sin peligro hasta convertirse en **elefantes** o **ballenas**. Los **murciélagos**, al igual que los pterosaurios, desplegaban sus alas.

Los sobrevivientes

Los únicos descendientes de los dinosaurios son los pájaros. Sin embargo, otras especies también sobrevivieron.

Como el arqueopteryx, el joven hoatzin se colgaba de los árboles de la selva tropical gracias a sus alas con garras.

Observa las patas de las aves y verás las de los dinosaurios. Están cubiertas de escamas y sus dedos se parecen a los de los dinosaurios carnívoros: tres dedos delante y el cuarto atrás.

Estos animales existen hoy. Si vas a las islas Galápagos, podrás imaginar que estás en el cretácico. Las tortugas y las serpientes de mar son los últimos reptiles marinos. Las tortugas ya no tienen dientes, pero sí un pico puntiagudo.

Te presento a tu antepasado

Sus descendientes son los mamíferos, como tú. Por eso eres su tatara, tatara, tatara, tatara, tatara… tatara nieto o nieta.

El **kannemeyeria** vivió durante el triásico. ¿Qué opinas? ¿Le encuentras parecido?

Al kannemeyeria le gustaba **dormir** y soñar.

Le gustaba comer **vorazmente** su almuerzo.

Le gustaba **pelear**.

A lo mejor, también le gustaba que lo **mimaran**.

El carnívoro más grande: el **giganotosaurio.**
Su peso equivalía al de un camión de 10 toneladas.

El dinosaurio con las garras más largas: el **therizinosaurus**. Tenía garras de 70 centímetros de largo.

El más rápido: el **gallimimus**. Corría a 60 km/h, igual que una motoneta.

El más grande: el **sismosaurio**. Medía 40 metros y pesaba 100 toneladas (100 000 kg).

El más pequeño: el **compsognathus**. Tenía el tamaño de una gallina.

El dinosaurio con el cerebro más grande era el pequeño **troodon**; su cerebro tenía el tamaño de una manzana pequeña.

Del más pequeño al más grande

- Triásico
- Jurásico
- Cretácico

Dilophosaurio

Hypsilophodon

Protoceratops

Paquicefalosaurio

Tenontosaurio

Pelecanimimus

Stenonychosaurius

Ornitholestes

Deinonychus

Bambiraptor

Gallimimus

Plateosaurio

Velociraptor

Parksosaurio

Leaellynasaura

Eoraptor

Kannemeyeria

Camptosaurio

Oviraptor

Coelophysis

Compsognathus

Muttaburrasaurus

Therizinosaurus

Triceratops

Pentaceratops

Centrosaurio

Maiasaura

Iguanodonte

Ceratosaurio

Estegosaurio

Anquilosaurio

Baryonyx

Tiranosaurio

Parasaurolophus

Alosaurio

Edmontosaurio

Giganotosaurio

Sauroposeidón

Braquiosaurio

Cetiosaurio

Camarasaurio

Diplodocus

Mamenquisaurio

ÍNDICE ALFABÉTICO

A
Albertosaurio, 112, 113
Alosaurio, 74, 75
Anatotitan, 106, 107
Anfibio, 11, 12, 50, 51
Anquilosaurio, 128, 129
Anurognathus, 89
Apatosaurio, 74, 75
Arcosaurio, 54, 55, 56
Arqueopterix, 78, 79
Avimimus, 122, 123

B
Bambiraptor, 118, 119
Baryonyx, 124, 125
Bípedo, 42, 115
Braquiosaurio, 38, 39, 72

C
Camarasaurio, 73
Camptosaurio, 47
Carcharodontosaurio, 39, 100, 101
Cenozoico, 8, 9
Centrosaurio, 120, 121
Ceratópsidos, 47
Ceratosaurio, 82, 83
Cetiosaurio, 41
Chasmatosaurus, 54
Coelophysis, 16, 46, 62
Compsognathus, 39, 60, 76, 79
Corythosaurio, 17, 98, 99
Cretácico, 96 a 143
Cuadrúpedo, 42
Cynognathus, 52, 53

D
Daspletosaurio, 106, 107
Deinonychus, 104, 105
Deinosuchus, 120, 121
Dicraeosaurus, 73
Didelphodon, 114, 115
Dilophosaurio, 84, 85
Dimorphodon, 77
Dinilysia, 123
Diplodocus, 80, 81

E
Edmontosaurio, 98, 99
Elasmosaurio, 130, 131
Eoraptor, 16, 46, 58
Erythrosuchus, 54, 60
Estegosaurio, 86, 87
Eudimorphodon, 56
Euparkeria, 55

F
Fitosaurio, 56, 57
Fósil, 20, 21

G
Gallimimus, 41, 153
Gastrolitos, 88
Giganotosaurio, 112, 113
Globidens, 137

H
Hadrosaurio, 98, 99
Hypsilophodon, 39

I
Ichthyornis, 107
Ictiosaurio, 94, 95
Iguana, 24, 25
Iguanodonte, 24, 25

J
Jurásico, 70 a 95

K
Kannemeyeria, 150, 151
Koolasuchus, 134

L
Leaellynasaura, 134, 135
Leedsichthys, 90, 91
Liopleurodon, 90, 91
Lystrosaurus, 52, 53

M
Magnolia, 97
Maiasaura, 102, 103
Mamenquisaurio, 82, 83, 84, 85
Mamíferos, 146, 147, 150
Mantell Gideon, 24
Mastodonsaurus, 50
Megalosaurio, 80
Megazostrodon, 65
Mesozoico, 8, 9
Mononykus, 47
Mosasaurio, 136, 137
Muttaburrasaurus, 134, 135

N
Notosaurio, 67

O
Ornithocheirus, 139
Ornitholestes, 41
Ornithosuchus, 59
Ornitisquios, 46
Ornitópodos, 46
Ovíparo, 36, 95
Oviraptor, 126, 127
Owen Richard, 20, 21

P
Paleontólogo, 20, 21
Paleozoico, 8, 9
Pangea, 14, 48
Pantalasa, 14
Paquicefalosaurio, 116, 117
Parasaurolophus, 98, 99
Parksosaurio, 118, 119
Pelecanimimus, 125
Pentaceratops, 39
Peteinosaurus, 78, 79
Placerias, 41, 55
Placodonto, 66, 69
Plateosaurio, 46, 61
Plesiosaurio, 95
Postosuchus, 55
Procompsognathus, 60
Prosaurópodo, 46
Protoceratops, 108, 109
Pterodáctilo, 92
Pterodaustro, 93
Pterosaurio, 92, 93, 97

Q
Quetzalcoatlus, 101

R
Rhamphorhynchus, 93
Rutiodon, 57

S
Sangre caliente, 44, 45
Sangre fría, 44, 45
Saurisquio, 46
Saurópodo, 47, 72
Sauroposeidón, 152
Sismosaurio, 88, 89, 153
Stenonychosaurus, 114, 115

T
Tenontosaurio, 104, 105
Terópodo, 46
Therizinosaurus, 132, 133, 153
Tiranosaurio, 128, 129, 139
Triadobatrachus, 50
Triásico, 48 a 69
Triceratops, 110, 111
Troodon, 115, 153

V
Velociraptor, 108, 109
Vivíparo, 95